知道

吴克敬 / 著

天津出版传媒集团
百花文艺出版社

图书在版编目（CIP）数据

知道 / 吴克敬著. -- 天津：百花文艺出版社，2016.5（2020.6 重印）
ISBN 978-7-5306-6975-4

Ⅰ. ①知… Ⅱ. ①吴… Ⅲ. ①随笔-作品集-中国-当代 Ⅳ. ①I267.1

中国版本图书馆 CIP 数据核字（2016）第 063087 号

知道
ZHIDAO
吴克敬　著

出 版 人：薛印胜
选题策划：韩新枝
责任编辑：于静筠
整体设计：郭亚红
出版发行：百花文艺出版社
地址：天津市和平区西康路 35 号　　邮编：300051
电话传真：+86-22-23332651（发行部）
+86-22-23332656（总编室）
+86-22-23332478（邮购部）
网址：http://www.baihuawenyi.com
印刷：山东临沂新华印刷物流集团有限责任公司
开本：787×1092 毫米　1/32
字数：129.6 千字
印张：10.75
版次：2016 年 5 月第 1 版
印次：2020 年 6 月第 2 次印刷
定价：49.00 元

如有印装质量问题，请与山东临沂新华印刷物流集团有限责任公司联系调换
地址：山东省临沂市高新技术产业开发区新华路 1 号
电话：(0539)2925659　邮编：276017

目 录

第二辑 生活知道

第三辑　心跳知道

第一辑　时间知道

我要时间

人之一生,什么是最重要的?

好像是读书呢。先贤们说了:“万般皆下品,唯有读书高。”为了进一步说明这个道理,先贤还用了更具煽动性的语言来证明:“书中自有黄金屋,书中自有千钟粟,书中车马多如簇,书中自有颜如玉。”我不能反对先贤的总结,但我总觉得有点儿直白,甚至觉得有点儿厚颜无耻,因此,很想问一问先贤,人生最重要的,难道就只有财富和美色了?

这教人真是要大吐血水呢。

我们读书,如果仅只是为了财富和美色,那还真是不如不读的好。因为,世间事是蹊跷的。常常是,读书越多的人,财富却往往不多;读书越少的人,也未必不能入美人的法眼。倒是读书不多的人,又常常富得流油,金银财宝打着滚儿往他家里涌,而美人们的眼睛,有几人不被金银财宝迷惑,屁颠屁颠地跟着走?这是我的看法,谁要对我的看法有意见,我是不怪他的。只说那个叫胡润的外国佬,每年为中国搞的富豪排行榜就很有意思,打墙板一样上下翻动的富豪们,有几个是读书的人?其中多是文盲和半文盲。便是介绍的文字里,标注着某某大学某某学校某某职称的几个人,又岂能相信他那一串闪光的荣誉,是真实可信的。方舟子太忙了,他要抽一点儿空,把那些人的老底摸一摸,想来是一定要让我们大跌眼镜的呢。

如此这般,倒教我心想,人之一生,想要得到财富是不难的,因为谁的手大,都不能把天下的财富抓到自己手里!而且,想要得到美色也是不难的,因为不管谁的怀抱有多宽阔,都不能把天下美人据为一己所有!自然了,想要得到一顶乌纱帽亦不会太难,因为不管谁的脑袋有多硬朗,都不能把天下的官帽子一个人戴了!而我的标准又非常现实,一个人饿不着、冻不着,那就是一个有钱人;一个人有个知冷知热的爱人,那就是有自己的颜如玉;一个人能约束自己不犯浑、不害人,那就是一个有权的人。为此,我要与古圣贤的说教顶一顶牛了,你们教导世人不懈追求的东西,并不是特别难得,倒是有那么一样东西却是非常不易得到的。

这个东西就是时间。

看不见摸不着，稍纵即逝的时间啊，才是我们人生最应该珍惜和捕捉的呢！想想看，贵为天子的皇帝们，他们拥有了金銮宝殿上最大的权力，拥有了普天之下莫非王土的财富，也拥有了后宫佳丽三千的美色，所以他不怎么关心这些，而对时间有了特别的关切，给自己设计了一个万岁的别称，还要庙堂之上的王公大臣，以及乡野里的布衣百姓，来为他祈祷，高呼万岁万岁万万岁。万岁好啊，可是非常遗憾，把自己定格在万岁这个时间框架里的皇帝们，不仅不能万岁，还因为自己对时间的浪费，而比常人更早地失去了时间。

明白了这个道理，什么财富，什么美色，还有什么乌纱帽，对于我们大家来说，就不怎么重要了。特别如我这样一个快入甲子之岁的人，似乎就更应该漠视之，舍弃一切一切的杂念，留存下一个念想，聚精会神地拉住时间的手，与时间一起舞蹈，一起歌乐。

我要时间 ，这是我觉悟后的执着。但我眼观红尘，却发现，有太多太多的人，对时间还懵懂不觉，一点儿都不知珍惜。这使我想起一位智者，为人生开出了一个时间的账簿。他说人之一生，且按八十年来算，幼年、老年占去三分之一，剩下还有吃饭、喝水、上卫生间、洗浴、生病等等花掉的时间,真正给自己留下来有用的时间,大概不到二十年。哎哟,他这账算得可是够清楚了,咱们掐着指头跟他一起算,就不能不为他的时间账簿而吃惊了。可是,我还想在他的时间账簿里搜查一下, 便是那二十年不到的精华部分,有一些也是要被我们无情地浪费掉了呢。

我不敢责怪他人,就以自己为例,差不多要算是一个谋杀时间的凶手了。我是喜欢运动的,而且更欣赏职业性的运动,看足球、看篮球、看一切看得到的体育赛事……我喜欢旅游,还喜欢打牌、聊天、喝酒、聚餐,一些好好的时间,一些健康的时间,就那么硬被我乐此不疲、嘻嘻哈哈地谋杀了。

我为此而痛苦,但我为了安慰自己,信手找来“休闲”“休整”“休息”等理由来为自己开脱。我发现,不仅是我,几乎所有谋杀时间的人,都是这么来给自己壮胆的。我得承认,这是一种浪费,但还不是犯罪。有的时候有的时间,还的确是要浪费的,甚至是被谋杀的。这或许也是人的一种必需,不可以像台加足了燃料的发动机,点火后,没日没夜地轰鸣运转……即便如此,发动机也要有养护和修理的时间呢,也不能日日夜夜一直不停地轰鸣运转下去。这就像驿路上的凉亭,让长途跋涉的人,在生命的征程上,有时间小憩一下，喝口茶，看看风景。这样，就有那么点儿享乐主义的味道，但却也不能求全责备，因为生命的意义，并不排除享受生活这一目标。天赋人权，我们活着，就该享受人间温情，享受山水之乐，享受艺术之美，以及享受美味、安静甚至发呆等等。非此，不足以安慰我们的心灵，不足以快慰我们的需求。所以说，我们珍惜时间，也不能放弃生趣，日夜劳作，那我们与马牛又有何异。我们有必要浪费一点儿，甚至是谋杀一点儿时间，以此放松我们的神经，丰富我们的生活。

不过，有一个度的问题，是要认真把握的。这让我忽然想起文徵明的次子文嘉，为了克服自身对于时间的模糊概念，为自己也为世人所作的《今日歌》："今日复今日，今日何其少！今日又不为，此事何时了？人生百年几今日，今日不为真可惜！若言姑待明朝至，明朝又有明朝事。为君聊赋今日诗，努力请从今日始。"

文嘉的《今日歌》说得太明白了，但我以为还有进一步探讨的必要。我以为，要想获得时间，还应注意这样三项事情，也就是：一要向自己的身体要时间，二要向自己的胸怀要时间，三要向自己的才华要时间。一个人没有好的身体，或者是不爱惜自己的身体，就很难要到时间；更有甚者，心胸狭窄，自绝于时间，就更难要到时间；把才华不当才华，随意浪费，就也要不到时间。反之，珍惜爱护自己的身体，开放自己的胸怀，用足用好自己的才华，就必然能够要得到时间。

聪明的范仲淹，一生写了多少诗文，他的“先天下之忧而忧，后天下之乐而乐”一句话，一代一代地流传下来。所以我要说，范仲淹这句话不死，范仲淹就会一直活在时间里，与时间永生。

2012 年 7 月 28 日　西安曲江

做时间的朋友

拉住时间的手,做时间的朋友。

《西安晚报》于 2012 年 12 月 18 日刊发了我的一篇名为《我要时间》的随笔。想不到时至今日,还有人见了我,要把他对那篇随笔的感受,大说一场。而刊发之时,打电话给我,发短信给我的人,逾百盈千,比我过春节收到的祝福电话和短信还要多。其中有人因没有我的手机号,还把他们的感触发到我爱人的手机上。商业厅一位副厅长,就给我的爱人发了短信,说了这样一句话:“要时间,做三件事,挺好。道人之未道,可嘉。”便是刊发了拙文的《西安晚报》的社长郝小奇先生,到了天黑的时候,发来短信也道了一声赞:“我要时间好!”

受到大家的热情鼓励,使我回想起来,关于时间,我还有些话是要说的,归根结底,就是我开篇说的,我们是要把时间当作朋友来对待的。

在家靠父母，出门靠朋友。人之一生，谁能一直靠在父母的肩膀上讨生活呢？尽管孔老夫子说了“父母在，不远游”。其实父母对子女的教育，都是希望子女学有所成，走四方，闯天下。而子女们也是，翅膀硬了，就要扶风而去，南北走，东西闯，不混出个人样来，就难“回江东”见父老的面。中华文化的历史经验，像座严酷的大山，搭建在我们面前，衣锦可以还乡，潦倒只作兴云游。

怎么办呢？回乡的心不死，云游的路就必须走，只是必须拉着时间的手，以时间为朋友，才可能得衣锦之荣，享还乡之乐。也就是说，朋友千千万，不外乎“酒肉”二字，正如俗语所言：“非酒肉，不朋友；非米面，不夫妻。”才子佳人也罢，英雄豪杰也罢，今夜可能花前月下，明晨却劳燕分飞，昨天山盟海誓，隔天仇渊恨海，真是不好说呢。唯有时间，才是最为靠得住的朋友，你哪怕给时间两记耳光，踢时间两脚，回过头来，对时间微微一笑，时间还是会不计前嫌地交你这个朋友的。

做了时间的朋友，就必须认真对待时间。

那么，时间在哪儿呢？

我说过了，时间在自己的身体上，在自己的胸怀里，在自己的情怀中。时间看不见、摸不着,吃起来无味,品起来无香,是极朴素的一样东西,非常巧妙地和我们的人生融合成了一体,须臾不会分离。

身体在时间上,身体就是时间的代表,身体不喜欢的事情,时间就也不会喜欢。

这个道理既简单又明了,一个没有身体的人,哪里又能奢望时间。所以,要做时间的朋友,就要先善待自己的身体,凡是身体所排斥的,就一定不要去做。可是我们人,在这一点上真是够糊涂的,总是爱做那些与身体别扭的事情。譬如赌博,譬如吸毒,譬如抽烟,譬如暴饮,譬如……如果我再举例,还有许许多多的譬如,但是有几项就够了,就足以证明我们善待身体的重要性。上了麻将桌,哗啦啦一个晚上去了,哗啦啦又一个晚上去了。久赌必输,然而赌钱只是一个方面,重要的是休息不好,熬坏了自己的身体,更为甚者,把命还可能丢在麻将桌子上呢!吸毒亦然,抽烟酗酒也是,都是一时的痛快和一时的幻觉,最后伤的可都是自己的身体。

善待身体,有了身体,胸怀狭窄,照样十分危险。看别人比自己进步快,他生气;看别人比自己有钱,他生气;看别人娶的老婆比自己媳妇漂亮,他生气……好像是,他生来就是为了生气的。要知道，人所以不能长寿，生气是最为要命的。几年前，我写过一篇小东西，总结我种花养鱼的心得，发现花儿所以死去，都是我浇死的；鱼儿所以死去，都是我喂死的。以此类推，我还发现，一些短命的人，几乎都是爱生气的人，因此，我断然地做了一个总结：花是浇死的，鱼是喂死的，人是气死的。当然，还有这样那样的外力作用，也可为短命者之借口。倒是有那么一些人生了气之后，又还想不开，把自己抑郁得昼不能息、夜不能眠，痛不欲生，服毒自杀者有，跳楼自尽者有。

学习着使自己的胸怀开阔一些，可是太重要了。然而，我们养成了一个好身体，同时也看开了许多事，能够冷静理性地对待我们身处的环境，能够平静客观地处理我们遇到的问题，我们是不是就拥有了时间，成了时间的好朋友呢？

应该说，这只是一点儿积累，最根本、最彻底的结论是，还必须要有满腔的美好情怀。试想一下，一个人四肢发达，不生闲气，也没啥看不惯，没啥想不开，仅仅如此，充其量只能说这个人能长寿，有没有福气，就该另说了。至于是不是拉住了时间的手，做了时间的朋友，就更要另当别论了呢。情怀在这里起着关键性的作用，有情怀的人，必不会虚度光阴。或者寄情于山水，赋诗作画；或者醉心于笔墨，著书立说；或者……有太多这样那样的或者呢，就等着有情怀的人去发现，并为之锲而不舍地去发掘。

我说了，“先天下之忧而忧，后天下之乐而乐”这句话不死，范仲淹就不会死，就一定活在时间里。像他一样，还有个叫陶渊明的人，他官也做过，生意也做过。而他做官也没有遍求名门，贿赂官衙，凭的是自己的本事考取的；他做生意也一样，不钻门子，不靠父兄，只靠自己的眼光。他做得游刃有余，做得真是不错，但他还是觉着心烦，因此他官不做，生意也不做，却散淡地保守着他的情怀，“采菊东篱下，悠然见南山”，很自然地做了时间的朋友。再是画家黄公望，年六十之前习画，年六十后写生出一幅《富春山居图》，同样的道理，他也做了时间的朋友。所以我要说，陶渊明的诗句不死，他就不会死；黄公望的《富春山居图》不死，他也不会死，他们都会活在时间里。如此说来，像他们一样千百万岁而不朽地活在时间里的人还有很多，如书写了《兰亭序》的王羲之，书写了《祭侄文稿》的颜真卿等等。成为时间朋友的人，方方面面，金石汗青。

不过，我想强调的是，做时间的朋友，不仅要有做的决心,还要有做的能力。

2012年11月11日　西安曲江

让时间说话

事缓则圆,让时间说话。

我在写下这个题目时, 是琢磨了另外一个开头的,但我辞世四十六年的父亲,突然站在我的身旁,拍了拍我的肩膀,代我开了这样一个头。我以为父亲为我这篇短文的头开得好,开出了我接下来想要说的话。而且,那些话像我开头写的一样,都是父亲当年说过的话。

父亲说过,人没尾巴难认。

父亲还说,时间没尾巴难抓。

时间在父亲的意识里,是具体的,像人或是别的物件一样,是可触摸的,只是遗憾,时间没有尾巴,难以抓得住。父亲当年给我说这些话时,我一点儿都不懂,甚至奇怪,父亲怎么可以这么说话? 直到今日,我才恍然大悟,父亲是会说话的,而且是太会说了。如果他当年像我现在捉笔写作,我能肯定地说，他会比我写得好，就像他说的话一样，让人几十年后想起来，还是那么不同凡响，那么别致有味。

父亲叙而不作，让时间说话。

时间会说话吗？时间又说了什么？我下笔写下的这一段话，可不就是时间的沉淀，沉淀了许多年后说的话嘛！

当年我听不懂，长长的时间，让我听懂了。知道有些事情，并不需要立即去做，或是立即做出判断，而是放一放，交给时间，让时间判断，让时间说话，或许会更好一些。

一件事情发生了，在那个时间点上，匆忙地来做判断，错与对，是最禁不起时间淘洗的。我的父亲就很后悔他做过的一件事。

二十世纪六十年代初的时候，我们村得到当地政府的鼓励，村委会也开了会，决定为村里拉电。这样一件造福村民的好事，却被父亲的一句话给否定了。

父亲不是党员，不是村干部，却不知为什么，村里在决定一件大事时，村支书和村主任开过支部会或是村委会后，都要到我家来，和我父亲商量。拉电的事自不例外，村支书和村主任到我家来了，向我父亲讲了这件事。先是村支书讲，后来村主任说，都说拉电如何如何好，“楼上楼下，电灯电话”，这是奔向共产主义的必由之路。两位村里的主事人，说得天花乱坠，但我的父亲闷着头吃他的旱烟，一句话都不吐。当时我小，不断地抱着热水瓶，给两位村干部续水喝。等不来父亲的一句话，两位村干部也不走，他们就那么僵着。村干部一个与我父亲同辈，一个低我父亲一辈，他俩一个叫哥，一个呼叔，问了我父亲一声："你说个话，这电咱拉还是不拉？"我父亲很是为难地说话了，他说："这事你俩就不该来问我。要我说，我不知道电是个啥东西，我只知道，老话说得好，要我们不要惹电。我听老祖宗的话，我不敢惹电，也惹不起电。你们能干，你们胆大，你们惹得起，你们就拉你们的，甭问我。"

我们村拉电的事，就这么落后下来。

后来，我们周边村子都拉了电，家家用上了电灯，集体还都安装了电磨子、电碾子、电粉糠机。我们村没有，我们村里人，拉着小麦、玉米，到邻村磨面碾糁子，我父亲也去了。到这时，他才知道他的一句话，让我们村的人吃了多少苦。为此，我父亲向村里人真诚地认了一次错。

父亲说了，说他不该那么武断地否定拉电，他应该说，看看邻村人拉电不拉电，他们拉了电有啥好处，咱再决定咱拉不拉电。

时间不言，时间自有公道。我父亲在时间面前低下了他的头。

好像不应只是我父亲，生活中的人，谁又能不向时间低头呢？特别是那些手里有权，或者是有威望的人，可能都遇到过父亲那样的尴尬。

那么，我们应该怎么办呢？我没有自己的主张，觉得还是大家通用的方法最有效，那就是遇事多商量，集思广益，把事情分析透，到决定如何做的时候，又留有余地，绝不要把事做死，即使是决定有问题，还有个让人回头的机会。

我这么说，还只是面对那个拉电不拉电的小事情。这样的事情迟了早了，还无关大是大非，还不至于要人的命。如果是那些要人命的事，就更需要时间来说话了。

2013年11月7日　于曲江

时间不饶人

瞎鸟儿碰了个好谷穗。我在朋友面前,是这么来说我们一家子的。我这么说,自然有我的道理。我的确不是一只怎么优秀的鸟儿,当然也不是一只瞎鸟儿。我没告过人的黑状,也没给人使过黑心,过去没有,今天没有,以后也不会有。倒是我自己,常会被暗箭黑心所伤。便是受了伤,也自己舔着,绝不会心生报复,以牙还牙,以血还血。我相信一种别样的方法,在自己被伤害的时候不要伤得太重,在自己被伤害后让伤害自己的人,有一个反省的机会。我的这个方法很简单,选定一个喜欢的目标,心无旁骛、无怨无悔地去做,做好自己就行了,就是对自己的确立,就是对自己的成就。所以说,我只是笨。笨鸟儿先飞,别人知道不知道不要紧,自己知道就好。当然,如果时间也能知道,那就更好。

时间不饶人。时间是评判一切的最终标准。

我那一口子，就很懂得时间的这一规律，所以她尊重时间。尊重时间的她，能不是个好谷穗吗！她用她饱满的谷穗儿，营养着自己，也营养着我和我们的女儿。她说了，人活在时间里，是不能与时间对抗的，没人能与时间抗衡，谁不知趣，梗着脖项与时间对抗，最后都只能是时间的牺牲品。面对时间，唯有顺应，随着时间的节奏而动，跟着时间的脚步起舞。时间是我们生活的指挥棒，我们不能不尊重时间。

现在想来，我那一口子，就以她的实践，很好地履行着她的诺言。时间到了她读书识字的时候了，她高高兴兴地背起书包，在她老家四面透风的小教室里，寒窗苦读，她是一名优秀的小学生；时间到了她夯实知识基础的时候，她背着母亲给她烙的硬面锅盔，到离家十多里以外的中学，一口干馍一口水地读完了中学；时间到了她丰富人生经验的时候，她考进省城的大学，很好地完成了她的大学学业。大学毕业，时间又到了她成家立业的时候，她勇敢地走进婚姻生活，和我一起孕育了一个高高挑挑的女儿。今年晚些时候，我们的女儿，就要去美国的斯坦福大学读研，我写这篇文章的动机，就是在女儿收到斯坦福大学的入学通知书后生出来的。

我给朋友说过，我最好的作品，就是我的女儿。她今年本科毕业，申请留学，美国的八所常春藤大学，除了偏重文科的哈佛没申报，其他七所都申报了，而且还申报了一所名叫帝国理工的英国大学。八所国际顶尖大学，除一所不见消息，其余七所都录了她。我后悔，当初何不多养几个孩子，给那几所大学各送一个过去。我为我的女儿骄傲着，但也为她的另一面忧愁着。

我忧愁的，就是她能不能如她的母亲一样，也能顺应时间，在生命的每一个时间段里，去做那个时间段所应该做的事。

时间的教训，无情地摆在我的面前，我们是必须有所认识的。左邻右舍，还有单位里的同事，社会上的朋友，在谈论孩子时，有那么一些人总是痛不欲生，他们痛的是自己的孩子，上小学时，就已条子来条子去，谈情说爱；到了中学，更是不得了，出双入对，山盟海誓……突然地上了大学，却把万千情丝一刀砍断，情不谈了，爱不说了，顺顺利利地拿到了学士、硕士的学位证书，招聘进机关当公务员，招聘进公司做白领，白天忙在岗位上，晚上忙在网络上，把自己忙过了三十岁，还单身一个，他自己却还不急，不知还想把自己耽搁到啥时候？

这人啊，活在时间里，在求知的时候不去求知，到谈情的时候不去谈情，到嫁娶的时候不去嫁娶，总是反其道而为之，把自己耽搁到老，到那时，谁又能把你怎么样呢？你自己也不能了，自己唯一能做的，就是徒叹奈何，哀唱后悔歌了。

我的女儿是懂事的，在此之前，她如她的母亲一样，与时间同行，在她生活的每一个时间点上，都很好地把握着时间。我希望她能一如既往地把握时间，把时间拿在手上，使自己成为时间的主人。

时间不饶人，它看不见，摸不着，也不带刀子。但只要留心，不难发现，在时间的身后，白骨累累，血流成河。我们没人甘愿引项于时间，被时间伤害，那么，我们就只有顺应时间。顺应了时间，时间反过来，还可能屈服于我们。

2013 年 4 月 29 日　西安曲江

我崇拜时间

我不是基督徒，我可以不相信上帝；我不是佛教徒，我也可以不相信释迦牟尼；我什么都不是，所以我还可以不相信天，不相信地，不相信神，不相信鬼，不相信真理，不相信真诚……我有太多太多可以不相信，但我相信时间。

我不仅相信时间，我还十分崇拜时间。

时间依自己的铁面和无私，让太多太多的计谋，太多太多的真理，太多太多的良心，都暴露出自己的缺陷、不足，甚至原形。譬如我们后人津津乐道的汉代文景之治，历史定论为一段好时光。但有一件事情，也就是汉文帝推行的“鬻爵赎罪”之策，就很有问题，贻害之大，至今难以肃清。

什么是“鬻爵赎罪”之策？

是谁给汉文帝建议的这项大策？

我不用太多饶舌，翻开史书，一目了然。这项治国之策是晁错贡献上来的。历史上的晁错，多为后世史家好评，是个名头很大的智囊人物。他针对汉初“今农夫五口之家，其服役者不下二人”，家中剩下的劳动力耕种土地，辛苦一年，所得无几，“商贾大者积贮倍息，小者坐列贩卖，操其奇赢，日游都市，乘上之意，所卖必倍，故其男不耕耘，女不蚕织，衣必文采，食必粱肉”。因此，他对汉文帝说，商人手里有钱，但他们政治地位低下，都羡慕当官的有权有势。商人的这种心理需求，可以利用。于是，晁错进一步建议："今募天下入粟县官，得以拜爵，得以除罪。如此，富人有爵，农民有钱。"这样一个馊主意，居然被英明的汉文帝所采纳，公开标价卖官，“令民入粟边，六百石爵上造，稍增至四千石为五大夫，万二千石为大庶长，各以多少级数为差。”《汉书·食货志》对此记载得一清二楚，让人看了，目瞪口呆。

后来的汉武帝，雄才大略，却也继承他祖先的这一办法，颁旨“入物者补官，出贷者除罪。”(《史记·平准书》)。

饮鸩止渴……我不排除汉文帝、汉武帝当时推行这种国策的无奈。但其必然的历史后患，只能造成“竞为虎狼，噬食小民”“虐遍天下，民不堪命”的恶果。

这倒使我别有所悟，历代帝王的御旨、文告，以及他们自己的文书,哪怕自己如何得意,推行的力度和广度又如何大,其实也是禁不起时间检验的。许多甚至熬不过他们自己的朝代,熬不过他们自己的寿限,即使他们奉为真理和经典,也会腐化成尘埃,甚至粪土。

时间的力量就在这里。贵为天子又如何?时间才不会理睬那些呢!

这使我有所觉悟,回忆我们背着花书包、走进小学的大门,然后初中、高中,以至大学,在我们所读的教科书里,有几篇帝王的文章呢?恕我学养浅陋,开动脑筋努力地想了一阵,也没想出一篇来,倒是许多当时被帝王所怪罪,以致贬谪,甚至砍了头的寒酸士人,杜鹃啼血般书写出来的文章,总是蓬勃着生命的血气,为后来者所景仰、所尊崇,从而又学习之。

今天统编的教科书,就是一个最为鲜明的例证。

教科书里有屈原,教科书里有司马迁,教科书里有李白、杜甫,教科书里有苏东坡……我这么罗列着教科书里的历史人物,大家会好明白一些,被我们一代一代又一代学习的历史人物,谁生前不是苦难的!屈原那么热爱他的故国,可是他的国君却不热爱他,给他在国都连一寸立足的地方都不留,一道王命下来,就把他赶到蛮荒的汨罗江边，逼得他投江而亡。司马迁比之屈原，还要苦难一些，他为了辨明一个是非，即被帝榻上的汉武帝投入大牢，残忍地施于他一个忍辱终身的宫刑。再是苏东坡，多么有才的一位士人啊！治国为栋梁，教民为圣贤，却怎么都讨不来帝王的欢心，而且还惹得一帮酸溜溜半吊子文人的嫉妒，百般地非议，百般地诽谤，百般地陷害，在字缝里找问题，给他构陷了一个“乌台诗案”的罪名，把他捉拿回京，下狱在天牢里，差点儿砍下他的人头。幸有贵人相助，苏东坡逃过了一劫，但却在以后的日子里，不断地被贬谪……唉！我们该怎么看待这些人这些事呢？我不好说什么，就只有痛着心说了，苦难之于司马迁、屈原、李白、杜甫、苏东坡们，磨砺着他们，让他们在时间的关照下，不仅没有失色，反而越来越光彩，越来越被人敬爱。

这是时间的功劳呢！

我没有理由不崇拜时间！

2013 年 11 月 13 日　西安曲江

讨厌的时间

有什么东西能够永恒呢?也许只有时间了。除此而外,没有什么可以永恒,特别是我们人。自信骄傲的人啊,对此唯有气馁,唯有绝望,我们人一点儿办法都没有。

所以我们面对时间,只能轻叹一声,埋怨时间的讨厌了。因为我们面对时间,到了某一个瞬间,时间以为你的大限到了,你就没法赖着不走,哪怕你特别会弄钱,特别能弄钱,弄到的钱非常非常的多,你也不能多喘一口气,你立马就会被时间消灭,完全彻底、干干净净地消灭。好像是,你弄的钱越多,往往被时间消灭得越是不留痕迹。与此相一致的,还有那些自以为很会做官、很能做官、把官做得非常非常大的人,同样不能多喘一口气,你会被时间消灭,完全彻底、干干净净地消灭。好像是,你的官职升得越高,往往被时间消灭得越是不留痕迹。

时间就是这么无情，绝对不会因为谁弄的钱多，谁做的官大，就接受他的贿赂或封赏，去巴结他、讨好他，让他永远活在时间里，直至永恒。

这应该是个不容置疑的结论。肉身的人不可能永垂不朽，倒是精神的东西，那个独立于肉身之外的事物，或许才可能长长久久。

但什么是独立于肉身之外的精神呢？好像依然与财富无关，或者说关系不大；好像依然与权势无关，或者说关系不大。这是个很难下结论的东西。常常是，最为轰轰烈烈、热热闹闹的东西，被人都已慷慨地冠之以精神的名誉，要不了多少时间，就又沉寂得什么都不是了，甚至连一股风都不如，甚至连一片云都不抵。风过去还会留下一丝凉意，云过去还会留下些微影子，那些轰轰烈烈、热热闹闹的名誉，却什么都留不下。与此形成鲜明对照的，倒是一些平平淡淡，不怎么显山，也不怎么露水的东西，却会以其独特的魅力，由平淡渐趋强烈，牢固地印记在人的意识中，一代一代又一代，成为肉身的人自觉趋从的精神。譬如陶渊明，他的天资是不错的，书也读得很好，也考取了功名，放任在一个千人万众眼红心跳的县丞位子上。相信他是可能一步步往上爬，爬到一个理想的官位上的，但他辞官而去，竟一点儿留恋的意思都没有。据传,他辞官后,也有大把的机会搞钱,搞不到一座金山,搞一座银山或许不是太难,但他还是不为所动,只是非常散淡地“采菊东篱下,悠然见南山。”

抱有陶渊明立场的人,还有一个画竹子的郑板桥,也是有官不做,有钱不挣,活得一生轻松,一世悠闲,身后却被人念念不忘,清晰而明白地活在时间里,成为时间死不丢手的主人。

我为此怀疑过,而且抱怨过时间,在给自己挑选主人的时候,为什么总是挑陶渊明他们?对此,我想不明白,又无话可说,原因是,时间是不讲理的,虽然它也不反对讲理。面对时间,有多少自以为英雄,有多少自以为哲学的人,他们或者凭借三寸不烂之舌,喋喋不休地大说一辈子;或者凭借勇武与血腥,舞枪弄棒一辈子,结果却不抵沉默的时间,让英雄的、哲学的他们,死在时间的脚下,被时间埋葬,并迅速地化为朽骨与尘灰。

这就是时间的本事了。它非常包容,任凭你怎么讲你的理,它不与你争,也不与你讲,它只依着自己的惯性,无声无息地经过着,谁都不能奈何它,而且只能顺应它。否则,只会成为一个又一个时间面前的牺牲品,丢盔卸甲,体无完肤,特别无奈。

这么说来，大家有什么感受呢？悲观吗？绝望吗？我不得而知，但我知道，我自己是不悲观的，而且更不会绝望。因为我在琢磨时间，感觉讨厌的时间，也有温暖可爱的地方。那就是我们在顺应时间的同时，还要紧紧跟着时间的脚步，与时间同舞蹈，与时间共歌乐，把自己自觉地化入时间之中，时间就一定不会遗弃我们，甚至埋葬我们。

怎么把自己化入时间之中呢？说来不易，却也不难，因为时间不能被客观地构思出来，它是一份无限主观的过程。而这个过程就是我们吊在嘴上的生活。生活是琐碎的，生活是庸常的，别把自己的生活搞得太轰动、太激烈，所有的轰动和激烈，都是瞬间的、短暂的。倒是淡淡的很不经意的一笑，让时间感受到了，时间就会记下来，带着那淡淡的笑，不停步地向前走。

当然，哭也是可以的，哪怕逃避。时势弄人，时间不会。

2013 年 5 月 28 日　于厦门

时间的色彩

怎么说呢？时间是什么？时间有色彩吗？

谁要这么较真，我是一点儿办法都没有的。因为我知道，时间不是动物，时间不是植物，时间什么都不是，时间怎么能有色彩呢？但我们不能大意，忽视了时间的存在，时间是无处不有处处有、无时不有时时有地存在着。承认存在，时间有没有色彩就好说了。譬如白天，时间陪伴着日光，时间该是明亮的、清白的；譬如晚上，时间陪伴着月光，时间该是昏暗的、淡青的；还譬如阴雨天，还譬如刮风天……存在于自然世界里的时间，就这么涂抹着自己，让自己总是五彩斑斓，总是面目一新。

好像是，人的心情，也会影响时间的色彩，或者是受时间的影响而变幻着。

想想我自己，可不就是这样的嘛！当我有了好事，心情特别好的时候，我眼里的时间，便风淡云轻，霞飞霓飘，灿烂无限。反之则不然，时间就总是灰暗的，令人窒息的……大家也来想想，可否如我一样？

不过，我倒并不希望时间有多么鲜亮，有多么炫目，而是希望时间的色彩淡一些，再淡一些，就像我们曾经的黑白照片时代一样，那可是多么好啊！

前些日子，女儿辰旸要赴美留学，我与妻子陪着女儿回了一趟老家，去给我的父亲母亲，也就是女儿辰旸的爷爷奶奶上坟，我们在坟头上祭了酒，点了灯，上了香，化了纸，给老人家告赔了几句，就去了大姐的家里，和大姐拉起了家常。偶一抬头，就看见挂在墙壁上的一个镜框，烟熏火燎，非常老旧，但镜框的玻璃，擦拭得很干净，极是清晰地透出几幅黑白照片来。其中一幅，我是熟悉的，那是大姐结婚时，与大姐夫跑了一趟县城，在照相馆特意拍下的。

我记得非常清楚，大姐夫来我家给我大姐下聘，花花绿绿的布块包了一大包袱，村里与大姐年纪相仿的人跑来翻看，看得大姐那是一个开心，你把这一块花布料抖开在大姐身上比画，她把那一块花布料抖开来在大姐身上比画，比比画画地说，这块花布做棉袄好，那块花布做衬衫好……大家给大姐出着主意。大姐是都领了情的，她感谢着大家,直到把来人都送走,轮着大姐和大姐夫在一起拉话了。他们都拉了些什么话?我想现在连他俩可能都忘记了,但有一句话,却还记着,而且我也相信他俩也是一定记着的。那是大姐出嫁时,对大姐夫提出的唯一一个要求。

大姐说:“咱能照一张相吗?”

大姐的要求,大姐夫不能不满足。好像是,大姐夫也有那个打算,他在等。等大姐提出来,他就大方地带着大姐,去了三十里开外的县城,照了那幅黑白照。

黑白照里的大姐和大姐夫,显得非常羞涩,坐在一条长凳上,不远不近,刚好靠在一起,睁着一双惊慌的眼睛,直直地看着前方……前方能有什么呢?无非是一架老式的照相机,和一位古板的摄影师。我可以想象,摄影师在那个时代,照多了这样的相片,他在按动照相机快门时,不会忘记叮嘱照相的一对儿:“靠近一些,再近些,对,还有头,也往近靠一些。”

那时候的年轻人,谁不是这样的呢?大家把自己定格在黑白照片里,一直到老,这难道能说不是一种幸福嘛!

现在,很少有人拍黑白照了。拍婚纱,拍写真,动辄几千上万元,而且拍得都极大胆,只有自己想不到的,没有自己不敢拍的,热火朝天,不亦乐乎。但这比黑白照片就好了？其实不然，那斑斓缤纷的色彩，倒不如单调黑白两色更有表现力。

对此，别人怎么看我不管，我自己是不改我的看法的。我喜欢黑白两色，因此也要为时间装饰上黑白两色。昨夜，在央视纪录频道看一个旧的制作，画面表现的时代，是二十世纪社会主义建设的情景，我看得入了迷。我所以着迷，不在于纪录片的内容，而在于单纯的黑白两色色调。我从中看得见，那个时候的中国社会，污染还不是问题，制假售假还不是问题，贪污腐败还不是问题；那时候炊烟袅袅，绿树婆娑，蓝天白云，小溪风清……时间在那个时候，让人真是太感动了。

一间屋子过日子，两间屋子也是过日子，实在不行，天做被子地做床也能过……简洁而单纯，黑是黑，白是白，时间的本色如此，其实我们的生活并不需要太奢华。我深信，我们可以使科技飞奔起来，可以使我们的生活很富华，但不能相应地使我们的心也像科技一样飞奔而去。这一切不只是怀旧，还应该是种不懈的向往。

2013年9月6日　西安曲江

梦里时间

看过一部微电影，名字忘了，内容却不曾忘。讲的是几个留守儿童的故事，他们想念在外打工的父母，放学后都跑到父母离去的公路上，坐在一个权作车站的老榆树下写作业。他们写着作业，你抬头向公路的尽头看一眼，他抬头向公路的尽头看一眼，他们希望打工的父母，能在他们抬眼望去的地方，坐着汽车回来……遗憾得很，孩子们没有盼回他们的父母。失望让其中一个孩子困倦地睡了过去，他在梦里见到了打工的妈妈，给他买了一个漂亮的文具盒，满面春光地向他走来，张着胳膊，就要把他拥在自己怀里了，但他却被一起等在公路边的其他同学摇晃醒来。这让梦见妈妈的他好不气恼，掩面痛哭不止，要他的小伙伴还他的梦，还他梦里的妈妈。

他这一哭一说，结果把同在公路边的小伙伴都搞哭了。

在微电影里哭着的孩子，把我惹得也眼眶湿漉漉的。

那个做梦的孩子，情是真的，心是真的。现实的时间，让他孤苦伶仃，而梦里的时间，又让他那么温暖幸福，他有充分的理由，沉浸在梦的时间中。

想我自己，年届六旬，不是也像这位留守儿童一样，有时候特别留意我做过的梦，盼望我能回到梦里，在梦里享受时间。哪怕那样的梦，有甜有苦，有辛有辣，有幸福也有忧伤，有惊喜更有惊惧，但我依然喜欢，因为那是梦，梦不能成真，梦却可以给人以启示和安慰。

因为时代的不同，我做不出留守儿童那样的梦。我能记得的是，就是我像那位留守儿童一样大的时候，做的梦非常离奇，不是坠入深沟，就是扶摇直上，或者是尿得一个痛快……我把我的梦，给我的母亲说过。我说我在梦里，是那么迷茫，我不知道我要到哪儿去，漫无目的在原野上走着，突然就走到一处悬崖边上，我想抽身回来，却又恍而惚之，不由自主地从悬崖上翻滚下去……悬崖太深了，似乎就没有底，两耳风声呼啸，我双眼紧闭，心想我就这么被摔死吗？但却没有，就在我要摔到崖底，摔成肉酱的紧急时刻，我伸手在空中胡乱地抓了一下，我是抓住了一团云块吗？总之，我横躺在绵软舒适的云团上，忽忽悠悠地又飞起来，向着漫天星光的夜空，飞呀飞！我飞翔着，伸手都要捉住一颗星星了呢！我却突然感到特别尿急，我能对着星星撒尿吗？自然不能。我能对着月亮撒尿吗？同样不能。我寻找着一个避人的地方，但怎么找，都有星星月亮，还有人的眼睛看着我，但我实在憋不住了，我痛苦着，并开心地一尿，顿时觉得水漫金山般，湿了我的屁股，我从梦里醒过来了。

小时候，我们在农村睡的都是火炕，我尿在炕上，湿了毛毡，湿了被单，赶天明差不多就能烤干，所以我不给母亲说我尿炕的事，只问她我在梦里，怎么总要坠崖？怎么又会飞翔起来？母亲摸着我的小脑袋，给我说："那是你在长个头哩！"我对母亲的回答是相信的，因为我的个头长得的确高。但我并不满足母亲这个简单的回答，我就还问她，就没别的意思了？母亲被我问愣了，但她还是尽其所知回答了我，说你就好好长吧，长大了你就知道了。

我今天不只是长大了，而且可说已经长老了，因为那位留守儿童的梦，我再想我童年的梦，以及母亲对我的梦做的解释，我似乎有点儿明白，母亲发愣时说的话是对的，自己的梦，是要自己在成长的过程中自己来领悟的。

我过去的生活，不就像我童年的梦一样吗？我有几次，就站在悬崖边上，譬如求学，譬如就业，譬如事业……我没有一样是顺利的，没有一样不经历坎坷。想我读书还是很有灵性的，但命运在我读完小学后，很武断地结束了我的读书生活，使我终生遗憾。我没有上中学，我没有上大学。然而命运又蓦然回首，十分眷顾我的成长，让我又加班加点地获取了大学本科文凭，进而还取得了硕士学位，而且还在自己喜欢的领域，做出了一点儿足可以安慰自己心灵的小成就。

日有所思，夜有所梦。

到我想有一个相亲相爱的伴侣时，我做梦了。梦里我娶了我心仪已久的女孩。半夜做梦娶媳妇，让我兴奋得笑醒了，我等不得天亮，去了我心仪的那个女孩住处，等在她的窗外。等到她天明起床，洗漱打扮一新，打开门看见我时，我没有掩饰，直截了当地告诉她，我梦里梦见她了，梦见与她结了婚。她听了我的梦话，走近了我，伸手拥住了我，给我说，今天我有时间，咱们领证去。

美梦成真，我们夫妻幸福地生活在一起，不时地还会说起当年，我们感慨梦的美好，更感慨珍惜梦里的时间。

世界上谁不做梦呢？恐怕没有吧。梦是好的，梦是坏的,都不重要,要紧的是我们有梦可做。那就做吧,这不正是对现实生活的一种补充嘛。

2013 年 9 月 9 日　西安曲江

必须浪费的时间

你什么时候写作？你一天能写多长时间？你可真能写！评论界评价你的写作如井喷……离开新闻岗位，到文艺圈子待了几年，我写了一些东西，自知成就有限，不敢在人前露脸，但我扛不住认识不认识我的人，见了面，向我提出那么一串的问题，特别是媒体人，来采访我时，问的问题更多，问的问题更宽泛。我是怎么回答大家的呢？我不能拒绝，知道那是大家对我的关心，就老老实实地回答一切向我提问的人。但我现在要说，我有一个问题没能很好地回答大家，那就是：

要珍惜时间，但是有些时间是必须浪费的。

我这么说，是想澄清大家对我的一个误会，以为我很勤奋，我很努力，我分秒必争，我起早贪黑……其实我不是这样的，我不是个很勤奋的人，也不是个很努力的人，更不会分秒必争、起早贪黑。家里人最知道我，妻子是，女儿也是，她们眼里的我，几乎就是一个懒人了呢！

我承认妻子、女儿对我的看法，我该睡的睡，该逛的逛，酒没有少喝，茶也没有少喝，还有体育竞技、足球、篮球、乒乓球、羽毛球……凡是我能看得到的体育活动，只要不是天塌下来，我风雨无阻地都要赶去现场，看个痛快淋漓。便是电视上的实况直播，也会吸引着我，让我看个不亦乐乎。应该说，这些可是很浪费时间呢！因为此，我也懊悔过，也想有所改正，但我至今却依然故我，旧病难除。

难除就难除吧，我是不在乎的，原因在于我知道，有些时间就是用来浪费的，而且又还是必须浪费的。

对于这样的道理，没有多少文墨的老农都知道，他们吊在嘴上的一句话是“磨镰不误割麦功”。这就是说，要想割麦割得快，割得有效率，就必须用去一些时间，把镰刀磨快了，磨利了，才好干正经事，譬如割麦。

我浪费时间，就像老农割麦前磨镰一样，就是为了干好正经事。譬如我循着自己的爱好，写了一点儿东西，取得了一点儿成就。所以说，一张一弛，是人类生活的一个规律，我们没有理由不遵守。

回想与我有过交往的一些朋友，他们中可是有不少的

"牛人"哩！其中一位，也偏好舞文弄墨，年轻时常要找我论辩，把时间抓得特别紧，规定自己，每天不能睡过六小时的觉，每天不能不写一千五百字，每天……他有一长串每天要做的事，他被那些事追着赶着，让自己忙得昏天黑地，到头来不知忙出了什么，连他自己都觉得茫然。前些日子，他来西安检查身体，找了我，说他还保持着每天只睡六小时的习惯，还保持着每天写作一千五百字的习惯，他这么坚持着，业余写了几大箱的手稿，他选了三部长篇，让我给他看看，看有出书的可能没有。我没敢糊弄他，帮他看了他送我的三部长篇手稿。老实说，他的长篇手稿里，生活还是有些的，但文采实在不高。我不知怎么给他回话，他却又找上门来，喝着我给他泡的茶水，我看着他开不了口，他倒大度地说了。

他说我不开口他就知道，他每天一千五百字的手稿都是白写了。他说了这样一句话，倒使我感觉到了他的灵性。他说他就想不通，他是勤奋的，恨不得把一天掰开当两天用，可他做啥都做不好，半途而废。他这么怀疑着自己，还怀疑我，说我怎么搞的，绝对没有他勤奋，没有他努力，甚至……甚至什么呢？他没有说出来，我替他说了，甚至很懒！很不着调！很……我想把我好好损一顿，一解他的心头疑惑,但我发现,他的脸红了。我不好再损自己了,我就说了一句话,把自己的话头刹住了。

我说:“我很浪费时间。”

我的这句话,赢得了他的共鸣,他红着脸,冲我点了点头。

我们的交流到此为止,他冲我点了头后,轻轻地“叹”了一声,便取了他三大本手稿走了。而我几天都在想他,想他是个怎样的人。

是躁进吗？对了,无论怎么说,他都该算一个躁进的人。不考虑自己的实际,不反省自己的行为,盲目向前……我这么一路想着,就又想起一些人来,他们如我的这位朋友一样,或者“躁进”,更或“狂进”,甚至“乱进”,把人没少忙,把时间没少挤,最后都只留下一声叹息。

我为此而痛苦,想要告诉朋友,人之一生,无论多么忙,睡觉的时间一定要保证,该睡时哪怕天塌下来也要睡,睡足了再干活。与此同时,每天还有必要分出一些时间来浪费,找朋友喝茶,到自然中发呆,去体育场看热闹……无所事事地放松自己,对自己只会有益,不会有害。

2013 年 9 月 5 日　西安曲江

时间的忠告

见一面，少一面。

都是老朋友了，几十年混在一个地方，过上一些日子，大家想见面了，就互通声气，选一个地方，四面八方地赶来，点几个小菜，叫一瓶酒，吆吆喝喝地就喝上了。我们喝酒，相互的问候也是一道下酒菜，好像比摆在桌上的油炸花生米、菠菜粉丝、花油耳片等等凉菜，还要起作用，大家鸭一嘴、鹅一嘴，夹枪带棒，荤荤素素，畅所欲言，说得那叫一个开心。就在昨日，华灯初上时，我们老朋友相约坐在曲江池边的一家酒店里，其中一位老友，举杯相祝，却不无伤感地说了那么一句话。

怎么会是见一面少一面呢？

或许他说得对，我们年纪渐老，说不定哪天，有谁会忽然地离开我们远去。人不是树，可以栽在世上。但我不愿把自己的时间想得那么悲观，所以，在我的那位老友说出这句话后，我戗了他一句。我说，你会说话吗？我们每见一面，就多了一面。

我俩如此辩解，大家听得明白，便都笑了一下。但我知道，大家笑得并不简单，大家一定都在想，我们相见，是见一面少一面呢？还是见一面多一面？我不知别人的结论是什么，而我作为辩论的一方，我以为这绝不是个朴素的算术问题。细究起来，还是一个时间的问题。

我们见面，难道只是为了见面吗？好像不能这么认为，我们所以见面，那是因为我们相互牵挂，相互关心，相互还有交流，如果没有这些东西填充进来，见面不如不见面。

这次见面，因为我和老朋友的争辩，让我们大家感到交流的收获，都知道了时间的忠告。也就是说，我们活在时间当中，被动地去做时间的减法，还是主动地去做时间的加法。

我没法确定别人的态度，但我可以确定自己的态度。我是不要做减法的，我一定要做时间的加法。而且仅有这个决心还不够，还要积极地行动起来，朝着一个目标，认真地去做。

都是老朋友，年轻时读书深造，忙得不亦乐乎，工作上这事那事，忙得晕头转向，好不容易熬到退休或将要退休，时间于我们来说，从容了许多，我们可以自由支配时间了。譬如我的几个老朋友，有喜欢摄影的，有喜欢书法的，还有喜欢垂钓郊游的，形形色色，不一而足。我自己呢，则深怀着写作的爱好，常有不大不小的文章，从笔端流淌出来，出本书什么的，聊以自慰，也抚慰一下他人。除此之外，这些年，还泼墨弄彩，写几笔毛笔字，画几笔中国画，日积月累，相叠相加，倒也有了十分可观的收获。

写作此文时，我抬头不由自主地瞥了一眼书柜，看见那一排我署名的著作，顿觉时间于我而言，可不就在那一页一页的纸上嘛，那每一页纸上的文字，不就是每一天时间的增加嘛。

伏案著书，是愉快的，却也是苦恼的。我的朋友中，就有几个伏案族，因为长期伏案，他们头发稀了，眼睛近视了，颈椎扭曲了，读书眼花，伏案背痛，我却不然。年届六旬，眼睛尚好，颈椎也不错，一切伏案养成的毛病，于我还离得很远。对此，他人是奇怪的，我也是奇怪的。

时间于我，怎么就那么慷慨呢?

我认真地想了，这不也是时间的一种忠告吗？我们生活在时间当中，唯有尊重时间，顺应时间，我们才不会辜负时间，而时间同样不会辜负我们。

怎么就是尊重时间呢？不虚度就是尊重。那么，如何又是顺应时间呢？想想看，这似乎比尊重时间更为重要，那就是，在不虚度的基础上，尽可能延长时间，让时间甘为我们服务。

这里说的，是个时间方法论的问题。我们不虚度时间，把时间当作生命一样爱护，让每一寸光阴，都发挥出灿烂的光芒来，就只要顺应时间的规律，科学地支配时间，让时间充分地发挥作用。

还就以伏案族为例吧。我把我在笔记本上写钢笔字的时间，一般定在四十分钟左右，然后投笔而起，踱步到另一张书案前，按一按太阳穴，扭一扭腰身，搓一搓手掌，这就拿起一管毛笔来，展纸调墨，作势运气，临摹几笔古帖，书写几句自己的闲话，使自己的心境换一口气，使自己的胸背透一抹汗，然后再去伏案作文。这成了我的一个习惯，时间在我的习惯中，丰富着我，雕琢着我，使我常常感到时间的新鲜，以及时间的健康。

这就对了，健康的时间，让人也能健康，我们何乐不为呢！

2013年5月9日　西安曲江

时间的源头

酒喝大了，正好吹牛啊！却没有，口气都很小，甚至有些悲观。这是因为，喝酒的几位，都已年届六十，是所谓六十而耳顺的年龄了。何者谓耳顺，权威的解释我不知道，仅以自己的体会来说，就是人到六十，好话听得进耳朵，瞎话也听得进耳朵，不瞎不好，以致骗人哄鬼的话，也都能听进耳朵里了。不像年轻的时候，耳朵门上都设着岗，站着哨，拒绝着一些难听的话，反感着一些不入耳的话，选择性地听取一些自己爱听的话。

耳朵，是个人人都要宠着的器官。

忽一日，把耳朵门上的岗哨撤下来，什么样的话，都能波澜不惊，心平气和地听进去，大概只有一个词儿能概括了。这个词儿就是成熟。不是心凉了麻木了的成熟，更不是心死了无所谓了的成熟，是听的话多了，包容消化得了的成熟。

我们几位说着我们的六十岁。经商的那位说,他如今不怎么计较利大利小了,钱是挣不完的,老天让人死,不说谁赚的钱多就不让他死。从政的那位说,他现在不操心官大官小了,退休了都一样,但组织上有规定,不说谁的官大就让谁死在官位上。我偏好舞文弄墨,而今也不在乎名大名小了,毕竟“文无第一,武无第二”,只要心情愉快,拾起笔有感而发就算。

一口酒一句话地说着,我们几位还展望了七十岁时自己的样子。我们的言语,没人主张统一,却统一得让我们发笑。我们都说人到古稀,不再计较的东西更多,而把看淡的事情看得更淡。然而我们又还说起来我们青壮年时的模样,以及年少时的模样。

这实在是个难说的话题呢。原因是,不要说芸芸众生,就是我们几位聚在一起喝酒的老东西,年少时的模样就各不一样,青壮年时的模样更是各不一样。他们两位的模样,我不好大白话,我自己的模样我做主,我有把自己袒露给大家的勇气,我不怕被人诟病笑话了。

十岁时的我,恨自己落生在一个农民家庭,缺吃少穿,上学读书,还得自己扛着锄头,上山挖草药来维持。猪圈里的猪饿了，乱叫；羊圈里的羊饿了，乱蹦。父亲母亲才不理会我还有要做的作业，吆喝着我，挎着草篮牵着羊，到村外的草滩上，把羊用一根铁撅钉在一处，任羊儿自己啃草吃，我则漫天遍野地拔猪草。猪嘴比羊嘴细，羊不择草猪择草，拔一篮猪草，跑不断腿拔不够……家计艰辛，穷人的孩子早当家，这个家当得心不平，气不顺。

二三十岁的我，恨自己求学无门，自学了一门木工手艺，走村串户，吃百家饭，干千户活儿，起的比鸡早，睡的比狗晚，却还不能衣食无忧，更谈何成家立业。然而我求知的心不死，立业的志不移，一个偶然的机会，竟突然入得大学门，使我的视野大开，终究有了点儿小成就。

四五十岁的我，恨自己心不老、志不坚，像片漂浮在长河里的树叶，随着流水而漂荡，总也逃不脱时势的羁绊，总也摆不脱命运的羁旅……然而时势和命运，自觉不自觉地雕琢着我，使我不仅曾经沧海，阅人无数，而且使我见惯了秋月春花，不再大惊小怪，同时还使我历尽是非成败，不再愤愤不平。

如此说来，我还有什么恨的呢？十岁时的恨没有了，二三十岁时的恨没有了，四五十岁时的恨也没有了，所有的恨都化作了时间之烟，消失在时间的虚无中。

我不仅没了恨，回头来看，曾经恨过的经历，在时间的每一个阶段，其实都很美，对我不仅是一种锻炼，而且更是对我的一种凝练。

生命就是时间的过程，在时间的这个过程中，青春会告别，人将要老去，这是谁都无法抵御的自然法则，同样也是任何哲人都辩驳不了的存在。生命的渺小和无奈，在时间的磨砺中，仿佛抽丝剥茧，赤条条地横陈在历史的剖面上，让追求化妆品、染发剂、羊胎素、壮阳药等所谓有助于青春长存的东西，显得荒诞而可笑。与时间相对抗，不论生命采取怎样的手段，归根结底，只会一败涂地，输得灰飞烟灭。更何况，生命并非糖蜜，时间也并非砒霜，一切都在于我们自己所持有的心态，时间让生命成熟；成熟了的生命依然生发皱纹，所有的皱纹里，却填满了故事。每一个故事，都是一笔财富，就看我们怎么享用了。

我是这么想的，我把时间雕刻在我身体和心灵的皱纹里，一条一条，让皱纹成为时间的河流。河流是有源头的，时间的源头就在皱纹未生的时候。时间雕刻着皱纹，皱纹里充溢着时间之水，我们可是一定要珍惜的呢。

2013 年 4 月 30 日　西安曲江

三十年

三十年河东,三十年河西。

这是一句十分日常的话,很少有人不说,但要仔细揣摩这句话,却非常不一般,感觉我们的老祖先,怎么就总结出这么一句经典的话。劝人,劝己。只要此言一出,有什么想不通的事,当下就想通了;有什么不理解的事呢,当下也就理解了;哪怕很是不堪、没法忍耐的事,到了这句话的面前,都会像结了三冬的冷冰,遇着了三伏的太阳,化得汤汤水水,了无痕迹。

天才的三十年啊!

这是一个怎样的数字呢?参加"笔耕"三十年纪念活动,知道了三十年前,一批西安城中的文学评论家,自发自觉地组织起来,定期不定期地相聚在一起,就当时的文学思潮,以及某位作家的创作动态,进行一场唇枪舌剑的讨论。这便形成了一种文学现象，而且一些作家大受裨益，并对中国的文学事业产生了十分重要的影响。可是三十年过去了，如今重逢在一起，已然白发苍苍，而言语除了怀旧，似乎还只有怀旧。这让我们不禁在心里慨叹，当年他们的意气风发呢？当年他们的机智善辩呢？

我不能乱想，我只能说："三十年河东，三十年河西。"

一股风，一阵雨，一时霜，一场雪……岁月不饶人，岁月就这么地来了，又去了。不老的是时间，老了的是人。从"笔耕"三十年的纪念会回来，又应邀参加了一位朋友的三十年婚庆活动。人真是有意思，把一年婚龄称纸婚，十年婚龄称锡婚，二十年婚龄称瓷婚，三十年婚龄称珍珠婚，以此类又推出金婚、钻石婚等等。我不知道这么细分婚姻有什么意义，到了朋友三十年的婚庆现场，我还是深有触动的。当年的朋友，结婚时可没有这么排场，他那时穷小子一个，口袋里掏一把，除了一撮干烟灰，是再也掏不出什么来的。但他恋上了一个女孩子，女孩子的家里，从一开始就不赞成他们交往，更别说结婚了。两位相恋的人，不管家里的反对，领了结婚证，租了一间房，叫来几个好朋友，在他们租住的民房里，各显身手，一人做一道菜，有的咸了，有的淡了，端到一张桌子上，与做了新郎新娘的朋友，一口酒，一口菜,吃了一顿,就成了证明,证明朋友正式地入了洞房,正式地生活在了一起。

新郎家里没人来,新娘家里没人来。

婚后的夫妻俩是怎么过来的,都在一个城市,我是知道一些的,一句话,不容易,真不容易。当然,他们算是成功的一对儿呢。正因为成功,才说是不容易。天底下成功的人谁容易呢？他们成功着,并艰难地走过来了,后来,有了一个聪明向上的女儿,艰难地出国到欧洲留学去了。他们俩困守在家,经营着他们为之不懈经营着的一家电器公司。三十年河东,策划着要为他们来个三十年河西的婚庆。

我参加了许多次朋友和同事的婚庆,但我感知,没有哪一次婚庆能比朋友这一次的婚庆更感动人。

他们结婚时没有来的家人,这一次都来了,所有的人都一脸的欢喜。朋友一身笔挺合体的西服,朋友妻子一袭雪白的婚纱,双双手拉着手,走在大家中间的时候,大家都为他俩鼓掌了。我鼓着掌,不禁一阵眼热,感觉有泪在眼眶里聚集……我为朋友高兴啊！但我还是感叹了。

我感叹:“三十年河东,三十年河西。”

感叹中,我觉出了我的悲凉,竟然不能享受常人所能享受的三十年河东，三十年河西。回想我的生活经历,在即将走过的六十年生命历程中，差不多总是十年河东,十年河西。命运于我而言,像一把刀子,把我的生活切割得这么碎！这可不是我之所愿,我多想三十年河东,三十年河西地度过我的生命历程啊！在西安的媒体工作时,经常听到身边的同事,不无自豪地炫耀,他从大学校门里出来,进了媒体的门,就再没挪窝,数十年如一日,睁眼新闻,闭眼新闻……听着这些话,我就只有自卑和悲伤了。我从小读书,读了不到十年,无奈成了回乡知青,务农、木作、雕漆十年,然后又做了不到十年的合同制干部,再上大学,又是做新闻,又是进行文学活动,掐着指头算,可不就是十年河东,十年河西嘛！如此细碎的生命历程,让我几乎不敢回想,想起来只觉自己肉痛心也痛,很有一种遍体鳞伤的疼痛感。

不过,我疼痛却自我安慰地想,一个人一生进一个门,他的生活是不是也太单调了？数十年如一日,他要真是一颗螺丝钉,死死地钉在一个地方,会不会生锈？会不会面目全非？活上三十年就是三十年,活上六十年就是六十年,倒是我,这也经历了,那也经历了,这也做过了,那也做过了,以十年为一个单元,活上三十年就不是三十年了,而是要成倍数地往上翻,疼痛着,却使自己的生命得到了延长。

人没法活得太久,以这样的方式延伸自己的生命,不失为一种优选的方法。而这一切,似乎都太个人化了,便是团体的进展与民族的命运,似乎也脱离不了三十年河东,三十年河西的这一时间规律。

有文字可以证明的华夏历史,公认的两大朝代,一为刘姓的汉朝,一为李姓的唐朝,他们建立了自己的王朝后,头三十年都干了什么?接下来的三十年又干了什么?到了第三个三十年,还干了什么?很简单,而且非常雷同,他们头三十年都在杀人。如此的杀戮是没有是非分辨的,为了新生的政权,使一些人人头落地,虽然血腥,但谁又能说什么呢?接下来的三十年,人们厌倦了杀戮,渴望一种平安富足的生活,执政者顺应了这一历史潮流,与民休养生息,发展经济,使得社会财富迅速增长,然而社会矛盾也因为经济的迅速增长,而迅速地积累着。人们缘于精神需求,以及利益分配诸因素,产生了更多更大的诉求。怎么办呢?也许只有大力倡导和发展文化这一命运途程了,用文化这双温柔的手,来抚平人们浮躁不安的心。

后来的大明王朝、大清王朝,虽然赶不上汉唐那么强盛,但在他们各自朝代的发展历程中,差不多也复制了汉唐两朝的这一发展规律。

三十年河东,三十年河西。

2012 年元月 5 日　西安曲江

好日子

爆竹一声除旧岁……日子过得太快了,像是眨了眨眼睛,一年就到了尽头!壬辰年末,问候的短信,如同窗外纷飞的雪花,直往我的手机里落。形形色色的问候,不外乎我在文章开头引用的这句话,或明白,或暗喻,都在感叹去日苦短,没怎么过,就把一年抛到了脑后。

我要胡思乱想了。一年三百六十五天,可不是个小数目呢!折合成小时,换算成分和秒,还会更大呢,让人过着,却道日子的快,不是一点点的快,而是太快了!我胡思乱想着,结果让我不禁失笑了起来,因为我也感到日子不够过,过得太快太快了。

怎么就太快太快了呢?原因有三:一是日子好过了。二是身体健康。三是把人忙的。

没人否认,现在的日子是比过去好过了。这是一个基本事实，没人能否定，便是一些国际上的超级大国，也不得不承认我们中国的日子好过了。虽然他们的承认有种酸溜溜的味道，而且想方设法地要遏制中国的发展。此外，还有一些发达的国家，采用了一种“捧”的方法，恭维和拉拢中国，想要中国帮助他们走出经济危机……大势如此，也就如俗话说的那样：“大河有水小河满。”一个一个的小家庭，一个一个的人，只要身子勤快，脑子灵活，日子过得自然都不赖。不过，可能也会有那么一点儿不和谐，在家里拌了嘴，吵几声；可能有那么点儿不凑手，向人开个口，借几个。这都不要紧，都不会影响日子过得好，过得美。

好日子短，不禁过。参透了这一规律，就没有啥好感慨的了。

与此对立的，就是我们曾经的苦日子了。所谓度日如年，讲的就是这个道理。一个人，吃了上顿没下顿，愁吃愁穿，饿着肚皮，抬头望着天上的太阳，一分一秒都是长的，都不好过，那才是要人的命呢。现在还有这样的人家吗？天下之大，是不能说没有，然而便是有，他们也会得到这样那样的救助，使他们不至于没有吃，没有穿。

是的，咱们的日子好过了，但千万不能一味地乐观，忘了苦日子。对此，作为一个农民的儿子，我开始时还是有所警惕的。在大家没有节制地享受好日子时,我会想起自己在炎热的夏天,在麦茬地里拾麦穗的情景,为拾一穗遗落的麦子,我要一次次地弯腰去捡,干硬的麦茬,被镰刀削过之后,像是一把把朝天直立的小刀子,在我捡到麦穗时,会在我的手上戳出一个一个的血口子来……那带血的麦穗儿,即使我晒脱一层皮,拾上一天,也许只能够蒸一个馒头,我有什么理由浪费呢!可是风气使然,大家在变,我也在变,变得一味地贪吃享受,一味地好穿奢华、暴殄天物。现在好了,我被好日子报复上了。

这样的教训,不只是我一个人两个人,而是以天文数字在向过着好日子的人砸过来,砸得大家回过头来,不觉要脸红心热、羞愧难当了。

这样的教训,集中体现在人的健康上。

没灾没病,身体健康着,上天入地,跑东跑西,吃吃喝喝,玩玩闹闹,日子就不是日子,就如点燃药信儿的炮仗,嗖的一下就没了。可是病了呢,血压高了,血脂高了,血糖高了……此外,就还有肥胖等,日子大概会慢下来,到医院去看医生了。当然,这还不是要命的病。得上那样的病,日子才是难熬呢!好了,不说那些让人败兴的话,只说高血压、高血脂、高血糖、肥胖这些病吧。医生们的权威结论是,都是吃得太好，又缺乏运动而引起的，笼而统之地俗称：富贵病。

很不幸，我就十分糟糕地患上了糖尿病。住在医院里医治，医生那么一说，我再想想自己，就只有服气了，在心里感叹：都是好日子过的。

可不是嘛！二十世纪五十年代成长起来的人，可是都过过苦日子的，缺吃少穿，东讨西借，在最困难的那几年，常有饿死的人和冻死的人……那个时候，什么高血压、高血脂、高血糖，还有肥胖什么的病痛，就没叫谁染上过。日子好过了，这些病痛纷至沓来，对人而言，几乎成了一种普通的现象。

同时我在心里感慨：健康多好啊！

躺在病床上，我每天都有吊瓶要打。因为要打吊瓶要治疗，我一下子闲了下来。身子闲下来了，心却闲不下来，想前想后，想东想西，似乎比什么时候想得都多。想着呢，想得自己悲一时喜一时的，想我和父辈，日子过得苦焦，他们身体上的病无一例外都是饿出来的，而我们欢欢喜喜地过着好日子，却使自己吃出一身的病来。这让我警觉，我们是不是把福不当福，享得过了头呢？

胡思乱想着，就还想到因病身闲，而觉悟到自己过去的日子，真是够忙的，忙得只觉得日子的快，日子的短，快得短得都把自己要忘了呢。远的不说了，就说2007年秋天，我从媒体调任文联，熟悉的人跟我调侃，说我忙了多半辈子，终于到一个清闲地方打发日子了。我也是这么想的，但我实在不是闲得住的人，在媒体工作的时候，十多年的春节，就没一个年三十的晚上，是坐在家里和妻女看着央视的春晚过的，而是一直在媒体的现场，和忙碌的编辑记者，盯着要签的报纸样刊度过的。那种忙，让我充实，也使我开心。到了一个闲地方，我能闲下来吗？而且，闲下来多痛苦啊！性格使然，我是闲不住的，注定了一个劳碌命，闲下来反而难受，腰不痛腿痛，腿不痛腰痛……最是遭罪的，还有自己的脑仁儿，闲下来也会疼，那种疼让人没着没落，心慌心乱。那么，就只有忙了，一忙起来，腰不疼，腿不疼，脑仁儿也不疼了。我继续着自己的忙，忙着在笔记本上码字，码了几年，每年都有三本四本图书出版，其中的几部，还幸运地得到了省级的柳青文学奖，以及国家级的冰心文学奖和鲁迅文学奖。

忙了真好！

突然地因病闲在了病床上，我数着吊瓶里的药液，一滴一滴……滑过柔长的透明塑胶细管，输入我的身体，我感到了日子的慢，日子的长，祈祷这样的闲日子快过去，让我精力充沛地再忙起来。

当然，我再忙起来时，会更珍惜好日子，科学地、节制地，享受忙忙乱乱的、不可多得的好日子！

2012年元月7日 西安曲江

生命的减法

近些年，身不由己地总要回老家去，送一位亲人到官坟里去。

扶风老家的小堡子，原来都有自家门族的坟园，后来解决死人与活人争地的问题，就把分散的门族坟园都平掉，划出一块地皮来，不分门族，死了人就如点地瓜一样，排着队，整齐划一地葬埋着。因为不分门族，小堡子把渐渐兴隆起来的集体坟园，叫了官坟。前年年末的日子，纷纷扬扬地下了一场雪，我一点儿预感都没有地接了一个电话，一声悲泣在电话那头传过来，让我心惊肉跳，我听出来，我的二哥跌了一跤，就是这一跤，让二哥趴在雪地里，再也没能站起来。

放下电话，我只觉眼睛凉冰冰的一片湿，抬手抹了一把，这就叫来司机，出了大堡子的西安，一路飞奔，回到小堡子的老家，给我的二哥送行。那个让人断肠的日子，过去了三年，又到了祭奠二哥去世三周年的时候了。我心头别提有多酸，回家去了官坟，为我的二哥做最后一次告别。这是关中西府的风俗呢，三年一过，二哥将慢慢为人淡忘。他的儿女，还有亲朋，就都不必为他戴孝了。

二哥的生命，是否与雪有缘，我不知道。但二哥的死，却与雪结下了很深的缘分。三年前，他跌倒在雪地里，一身雪白地去了；过了三年，又在白茫茫一片的大雪天，为他过最后一个忌日。我站在大雪中，头上肩上，落了厚厚的一层雪，我把哀伤的眼睛从二哥的坟头上数过，还数到了大哥和三哥的坟头、父亲和母亲的坟头，以及小堡子里其他人家的坟头……我惊恐小堡子的官坟，扩展得太快了！我回来一次，在官坟里就会发现高耸起来的一两堆新坟。我不用问，自有门族里的人，给我介绍坟里的人是谁。二哥的三周年，很自然地，就又发现了两堆新坟。这使我有种没来由的恐慌。我闭上眼睛，任凭漫天的大雪飘飞。我愿意飘飘荡荡的大雪，把我眼前的官坟覆盖起来。

小堡子的官坟啊！在做一个教人痛心的加法。

官坟里在做加法，那也就预示着，村子里在做减法。

这是一个问题呢。

这个问题倏忽出现在我的思维里，让我的身体突然虚弱得摇晃了几下。我不能支撑，差点儿倒在地上。

但这是个实实在在的问题，官坟里多出一堆坟，村子里肯定要减去一个人。我的父母是这么减去的，我的大哥、二哥和三哥也是这么减去的，谁都不可避免，最后要把自己减去……想着这个问题，让站在雪地里的我，感到特别沮丧，自觉刚愎自用、咬铁吮钢的人，一辈子自以为是，以为自己在做加法，到头来其实做的都是减法。

死生有命，这就是人的悲哀了。

不过，还是乐观地活着好，而加法是让自己乐观的一个方向。我们啼哭着来到人世，让母亲的炕头多加了一条生命。我们成长着，谈婚论嫁，建立了自己的小家庭，一个人加上另一个人，成了两个人。接下来生儿或是育女，两个人再加一个人，成了三个人……家里的成员在叠加着，自己的学业和事业，自然也在叠加。先上小学，再上中学，然后大学……从了政，或是搞企业，也是先初级，再中级，然后高级……如此叠加。到了一定的年龄，就要明白，生命不会永远只在加法里运行，叠加到一定时候，自然就过渡成了减法。

对此，我们应该有所准备，特别是心理上的准备，不要在做加法时高兴,做减法时就沮丧哀伤。

祭奠二哥三周年,我站在小堡子的官坟里,突然明白了这层意思,也算二哥对我的一个提醒吧。

想二哥的一生,不就忠实地走了这么一条路吗?他在做他生命的加法时,虽不能说怎么辉煌,却也不乏亮点,是我们小堡子人挂在嘴上要念叨的。二哥育有两子一女,儿子聪明,女儿孝顺,都有自己的工作,这得益于二哥的言传身教。他在我们兄弟姐妹中,就是个很好的榜样,都以有他这样的二哥而自豪。他是有工作的,在计划经济时期,从一个小职员做到当时很红火的县木材公司经理,到了退休的年纪,很愉快地退下来。他说过,他要把他身上的东西全都减下来,回到村里来,来陪着我们的母亲了。

二哥说:“父亲去了,他拉不回来,就多陪陪母亲。”

其实,二哥有条件,也有资格在县城里安度他的退休生活。他把身上别的东西都减去了,却不能减去亲情。他回到了小堡子,陪在母亲的身边。这时的二哥,是多么愉快啊!我就常见,二哥到小堡子不远的镇子上,用瓷罐提回羊肉泡馍,或是别的什么好吃喝,加热了,盛在碗里,端给母亲,母亲吃得一脸的满足。二哥在一旁看着母亲,他也是一脸的满足。

然而，生命到了减法的过程，二哥虽万般不愿减去母亲，母亲却把自己减去了……二哥没有办法，到了后来，他很无奈地，也像母亲一样把自己减去了。

生命躲不开残酷的减法，但怎么来做，还是有些讲究的。许多人，无可奈何地挣扎在减法的泥淖中，把自己做得很辛苦，很不甘，到头来把自己的肉体也减去后，就真的什么都没有了。而有些人却不，他们会把自己生命的减法做得很从容，且极有精神价值。如是，他们哪怕把自己的肉体减掉了，也还是有一些东西要长留在世上的。

这个东西不是别的，只能是自己所独有的精神。

2012 年元月 9 日　西安曲江

时间里的眼睛

人是怎么老的？只有时间知道。

在我年轻的时候，对异性有种不讲道理的挑剔。人家女孩儿长得其实是不错的，因为不入自己的眼睛，就认为她长得难看。但却突然地，到大街上去购物，或是到我居住地的湖畔锻炼，发现从我身边走过的女人，一个比一个漂亮，便是原来不能入目的那些个，也变得顺眼，甚至可亲可爱。我把我的这一发现，在家里的饭桌上，告诉了我的妻女，想要她俩给我解惑释疑。

就要去美国留学的女儿，把喝在嘴里的稀饭咽进肚子，歪着脑袋给我说："你呀，老了吧。"

妻子的嘴里也有一口稀饭，她像女儿一样把稀饭吞咽下喉咙，头偏着不看我，而是看着女儿，半是认真半是搞笑地说："你爸不是老了，是还年轻。"

女儿听懂了她妈的调侃，跟了一句说我："人老心不老！"

家庭饭桌上，我又一次成了她们母女的一道下饭菜。她俩一口稀饭一句话，越说越不着调。但我听得懂，母女俩是以这样的方式来安慰我，让我不要多想，不要乱想，人在时间当中，谁会不老呢？

在我跃进甲子岁之前，也常面对朋友，说我老了。但我并不知道，怎么才是一个老？那好像还不是个纪年数字的问题。我就发现，和我年龄一般、走得也近的朋友，有一些五十岁时学会了驾驶汽车，有一些五十五岁时学会了跳舞，有一些六十岁时学会了唱戏。而我如今，还很自信地学会了电脑，在互联网和微博、微信里信马由缰……我们时常要聚在一起小酌两盅，然后规划我们的未来，自驾汽车，北上大兴安岭和呼伦贝尔草原，南下湖广去云贵高原和香格里拉……我们这么规划着时，没人知道自己老了，是不好脱离家庭，去到处乱跑了。

这是身体的缺点呢，老了还不服老。

但是自己的眼睛，在不失时机地提醒自己，千万要注意自己的年龄。譬如我眼睛里的女人，突然就没了美与丑的区别，可不就是一种最本质的解释嘛！

这可否就是孔老夫子所说的"六十而耳顺"？

我想应该是的。耳顺的人,好话听得,坏话也听得。听得进瞎好话的人,自然也才能眼顺,什么样的人,就都能看得顺眼了。突然地觉悟了这些,让我甚为开心,便逮住机会,要在朋友们跟前显摆了。

一而再再而三地显摆，显摆得连自己都要乏味了呢，我的一位医学专家朋友问了我一个问题。他问我父母的身体状况如何？我老实回答了他,他顾左右而言他地说了这样一句话,父母晚年的身体状况,可作为自身晚年身体状况的参考。我认真地想了医学专家朋友的话,想到后来,自作聪明地以为,人到老年,耳顺也罢,眼顺也好,都是去听别人,去看别人的,其实还应倾听自己、观照自己才好。

倾听别人容易。就像我一样,见了和自己同龄的人,开口说的话,无非是:“怎么样？还好吧？”对方如果说:“马马虎虎。”我会跟上立即说:“你知足吧,你看你多年轻,头光脸净的,一直都不变。”同样的话,我同龄的人也会说我,我说给他他高兴,他说给我我也高兴。但我知道,我们说的都是骗人的话,我们都在老去。老是必然的,所以说要学会倾听自己。与此同时,也还要学会观照自己。

我不知道别人是怎么倾听自己的。而我每日是都要问一问自己的,我问时间里的自己,因为我看见时间有一双眼睛，那双眼睛不神奇，不神秘，而且也不是别人的……仔细地、认真地看，不难看出那双眼睛是自己的。

人有第二双眼睛，所以说盲人不盲。盲人可以看不见自己的五根手指，但一定看得见色彩，那是心的颜色，是鲜红的，是灿烂的……看得见人心的那双眼睛，是自己的天眼。

“人在做，天在看。”说的可就是这个道理。

时间的眼睛啊，不仅敏感观照着我，而且还会敏感地提醒我，要我尽量不要留下遗憾，或者是尽可能地少留遗憾。

那么，我在直奔甲子岁的时候，还有什么遗憾呢？是退休后的失权吗？是退休后的失势吗？我想不出来很多，觉得权和势没有什么值得留恋，倒是觉得未退休时的琐琐碎碎、急急忙忙，耽误了自己不少令人向往的闲暇。

是了，这可不就是时间的眼睛所启发我的嘛！

2013 年 7 月 26 日　山东德阳

痴人的智慧

朋友的父亲，退休没几日，忽觉身体不适，到医院检查。一个回合下来，就有权威的医生，向我的朋友实话实说，老人家的病不好，癌症晚期，没几天好活了，该准备的就准备吧。医生也是我的朋友，朋友所以给父亲检查病情叫上我，看中的就是我们的这一层关系。医生朋友在给我的朋友这么说话时，我也在跟前。我没注意朋友听了这些话的反应，只觉自己的双腿发软，几乎就要软在地上。恰其时也，医生办公室的门被人粗暴地推开了，同时闯进一个人来。这人不是别人，正是被医生判了死刑的朋友父亲。

朋友的父亲，原是一位青年农民，后征召入伍，复员后进了秦岭深山，做了一个林业工人。他自信自己的身体很好，不会有什么大病，头疼脑热，身体不适，他没有扛不过去的。至于癌症那么要命的病，他没想过也会攀着他的身体。医生把我的朋友和我叫到他的办公室,向我们通报朋友父亲的病情。朋友的父亲,并没往坏处想,而且也没有偷听结果的图谋,他所以突然推门而入,都在于他上厕所,路过听了两句,听得他有些莫名其妙,不知医生是说别人,还是在说他自己,就顺手推门闯了进来。

林业工人出身的他,开门见山地问医生:“你刚才说的是谁?”

医生惊恐得噤了声,而我和朋友,一左一右,赶紧扶住了他,劝他到医生办公室门外去,并说有什么话医生会给我们说。

朋友的父亲却犟着不走,给医生说:“是我吗?”

医生依然不说话,不点头也不摇头。朋友的父亲就什么都明白了似的,转过身去,如他进来时一样,依然走得刚刚强强,完全不像一个身患癌症的人。而他此后的表现,更是让人吃惊,他坚决不遵医嘱,也坚决不听我朋友以及他们家人的话,花钱买了一辆小汽车,开着车就天南地北地转去了。他说了,我把钱撂给医院,还不如撂给山山水水图个开心。

在部队学会开车的朋友父亲,在秦岭山中也没离开方向盘。他驾车东奔西颠,北上南下,把祖国河山跑了个遍,一直跑下来，到今年都要奔八十岁了，依然吃吃喝喝，四方奔走，没有一点儿告别人生的迹象。

前两天去朋友家，见了他，他还笑哈哈地给我说，人都是被病吓死的。他的话让我深以为然，并由此思考，人不怕病，病便怕人，人是可以与疾病共生长寿的。现代医学，不知对此如何认识，我喜欢乱翻书，偶然一次，翻看《王孟英医案》，发现这位清代的中医学家，早就提出了这一理念，认为人是可以“带病延年”的。他在书里阐述，患了慢性病（痼疾）很难治愈，但可以改善临床症状，缓解病情，以期达到“带病延年”的实效。从朋友父亲的实际情况来看，王老中医的话是大有道理的。不过，有些问题，还是需要我们深入地做些探讨。

不要被病吓死，是首先要确立的一个理念。其次就是带病者必须找到自己身体上的问题，带着问题学习养生方面的知识，切不可自暴自弃，或者是及时享乐。在锻炼身体时，要适时适量，持之以恒。在吃喝时，要谨慎科学，绝不敬嘴。这是因为，带病者没有太多的“本钱”放纵自己，也没有太多的“能量”逞能恃强。最好的办法是，带病者对于自己的身体，必须心存远虑，要日日养、天天练。这就像在银行存款一样，先予之“零存”，后取之“整得”，唯如此，才能长寿。

污染成了今天的大问题，水、食物、大气……人的生命所最需要的这些物质，无一例外遭受着现代工业的侵蚀和污染。这是非常可怕的，所造成的结果，亦越来越严重。我们左左右右地看一看，我们的朋友，我们的家人，完全健康的又有几人？可以说，凡人都带病，只是病的大小和严重的程度不一样。便是自诩身体一点儿毛病没有的人，可能更让人不放心。他们的健康也是有问题的，那个问题一时未被发现，隐藏得深了些，自己不注意，突然倒下，连抢救的机会都不留，让人垂泪顿足之时，只有徒叹奈何了。

带病者知道自己有病就好了。“病身最觉风霜早”，知病而不畏病，调整好自己的心态，不急不躁、从容乐观地对待自己的病体，才是最该坚持的一种态度。

便是铁面无私的时间，对此也要做些妥协的。

2013 年 7 月 27 日　山东济南

落脚点

娘的子宫,是我们所有人的出发点。这没法选择,宿命如此,认也得认,不认也得认,富还是穷,贵还是贱,我们一点儿办法都没有。

然而我们的落脚点呢?这是可以选择的,就看我们自己了。富贵或是贫贱,成功或是失败,留名天下或是遗臭万年,将有不同的结果。历史的经验证明,许多出身富贵的人,到头来贫贱至极、失败至极。更有甚者,还可能遗臭万年。而许多出身贫贱的人,又常会通过自己的奋斗,到头来又会非常的富贵,非常的成功,甚而留名天下。

这样的例子是不用举的,古今中外都有,大家都看得到;这样的例子也是不用说的,古今中外都有,大家也都知道。那样的人,那样的事,可能不远,或者就在咱们身边。所以说,我们人的出发点是重要的,但不是最重要的,最最重要的是落脚点。

要想有一个好的落脚点，有个好爸爸是重要的，封建社会的“封妻荫子”制度是个例子。现在是新社会，废除了那样的旧制度，谁还能获得“封妻荫子”那样的好处？我不能说绝对没有，但我可以说凤毛麟角，是少之又少了。那么，唯一的办法，就只能通过自己的努力和奋斗，通过自己的进取和发展。

怎么才算努力？怎么才算奋斗？怎么才算进取？怎么才算发展？要我说，我也是糊涂的，更遑论其他。但那些成功者，用他们的生命实例，给了我们后人许许多多的经验，就看我们怎么去学习，去认识，去实践了。

这是一个大话题，我有这个自知，不敢在这个话题上说得太多。话多必有失，说不好误人误己，岂不哀哉。

我想说的落脚点，其实很具体，很实在，那就是亡人的墓葬了。人艺术地比喻自己，可以是棵树，栽在世上，千年万年，人不能够，百年已是天寿，所以说，是人都要死。死后总不能没人管，暴尸荒野，被狗叼了去吧。当然不能，而且也不会。国人有句话说得好，“入土为安”，这是再好不过了。入土，是每个人躲都躲不过去的落脚点。

“人吃地一生，地吃人一口。”关中农村，这句话的流传是很深很广的。有人如果不甚明白,我可以通俗地再说说。所谓“人吃地一生”,讲的是我们赖以果腹的食物,不都是地里生长出来的嘛。所谓“地吃人一口”,也就是说人老身殁,挖一口墓穴埋进去。

为了防止活人与死人争地的问题,现在实施的多是火葬。但是火葬,把人的遗体在焚尸炉里烧成一把灰,也还离不开“地吃人一口”的办法,最后还得找一块墓地,把死者的骨灰埋进去。

前日傍晚,几位老朋友相约喝茶叙旧,说的都是老生常谈。唯有一位,平时倒不危言耸听,这一回却出语惊人,让大家对他刮目相看,认真听他说了开去。

他说了,说他前日给自己找了处落脚点。

我们不明白,异口同声地问:“什么落脚点?”

他从容不迫地说:“墓地。”

我们所以能成为茶友,一是趣味差不多,二是年龄差不多。我们年届六旬,谁都不觉得自己老,谁都谋划着好好地再活他几十年,而他怎么就出人意料地给自己先要找块墓地?我们想不通,也不好往深里想,就都把自己疑惑的眼光,往他的身上戳,戳得他自己给我们说了。

他说我们忘了,关中乡村的规矩,为健在的老人购置寿衣寿棺，以及提早修造坟墓，是太平常不过了。乡下把这种做法视为“冲喜”。特别是闰年闰月的日子，为老人“冲冲喜”，老人会更加长寿。他说得有理有据，说得嗓子发热，还说，历朝历代的皇帝佬儿，哪一个陵寝，不是早早就修造的？十几年前、二十几年前、三十几年前的都有，就说在咱们西安边上的秦始皇陵，有文字记载可以考证，从他加冕“千古一帝”的那一天起，就动工给他建造开了，耗费的工役有多少，无法计算，而耗费的时间，就有近四十年！乖乖，咱们小老百姓，依着咱们乡村的老例，自己看着给自己弄处落脚点，你们说，这有什么不好吗？

我们没有回答他的提问。他就轻啜一口茶，继续着他的言说。他说奇怪得很，我没给自己看下落脚点时，我常常半夜醒来睡不着，现在看好了，心里一下子豁亮了起来，我睡到半夜，起来撒一泡尿，爬上床再睡，一直会睡到大天亮。

他这一说，我们都笑了，都是会心的笑哩。不等他说罢，你端起了茶盅，他也端起茶盅，相互很是快乐地碰了一下杯，然后一饮而尽。

我们都是庸常人，活着能睡一个好觉，死了能有一处纳骨的落脚点，其实就已很好了呢！

当然，在自己的落脚点上，能留下只言片语，会更好一些。不过，时间怎么认识这个问题，还有待考察。

2013年9月11日　西安曲江

不留遗憾

朋友大刘的追思会，是他自己策划、自己组织、自己主持的。

这很有趣吧。一个人活得好好的，自己一手操办，给自己郑重其事地举办追思会，怎么说，都有那么点儿荒诞不经，或者说是很不靠谱。试想，谁还会这么弄呢？他神经病吗？非也，他不仅不神经病，而且还理性理智得让人羡慕呢。给自己举办追思会，神经病会弄吗？不会，除非极端理智的人，譬如我的朋友大刘。他这么做，思想如不通脱，神经如不通脱，情感如不通脱，也一定做不出来。所以说，朋友大刘这么做，只是一种诙谐，再加一点儿幽默罢了。

追思会的现场，因为大刘，所有的人也都沾染上了诙谐感和幽默感，让步入"耳顺"之年的一帮老朋友，聚会得十分开心，十分热闹。

大刘首先致辞，感谢这一生有这么多好朋友相伴，糊里糊涂醉了几场酒，开开心心钻了几回山，平生愚钝，钱也挣了点儿，官也做了点儿，都不很大，自觉又很满足；受过一些中伤，因为心底坦荡，伤后反而更为光明……听他一路说着自己，我们知根知底，你插一句话进来，他插一句话进来。所有的插话，既有对他肯定的感慨，也有对他往事的揭秘。

譬如我的插话，就是对他私生活的一个揭发了。

大刘年轻时候，长得风流倜傥。有位如花似玉的姑娘，特别中意于他，但他受家庭约束，一直不敢接受姑娘的爱意。这件事他给我说过几次，我到这时不插话出来，对他青梅竹马时的生活无疑是一种亵渎。因而我插话问他，你和你青梅竹马的女友，拉过手没有？亲过嘴没有？我的插话，把追思会的气氛推上了一个高潮。朋友们呵呵乐着，把眼睛都戳在大刘身上，看他怎么说。他倒大方，手往追思会的一角指去，有位白了头发的女士，在他的手指中站了起来。我们必须承认，白头发对于绝大多数人来说，是悲惨的，但对有些人，正如被大刘手指而站起来的这位女士，满头雪亮雪亮的白发，倒更增加了她的风韵，怎么看，都是一个好。

落落大方的白发女士，站起来走到大刘身边，他俩把手拉在了一起,轻轻地拥抱了一下,随即放下来。我们朋友没有起哄,全都噤了声。看着他俩一连串的动作,我想,大家与我此时的心情该是一样的,有点儿酸,有点儿涩……就在大家还浸泡在这种酸涩的氛围里,大刘又一次开口说话了。

大刘说这不是他的话，是大家刚看到的白发女士的话。我们有过青梅竹马的时候,虽然各有各的家庭,各有各的事业,但我们彼此欣赏,彼此爱慕。在此之前,我们是一次手都没拉过的,更别说亲嘴儿了。现在,我们都从各自岗位上退了下来,她给我说:“时间这个东西,总要让人留下一些遗憾。但我们人呢?我们要努力,不要留下太多遗憾。”我同意她的话,我给自己操办追思会,实现了和她拉一拉手的心愿。大家是我们的见证人,我们清清白白,我们没有遗憾了。

谁都有遗憾,但谁能有大刘这样的智慧和勇气呢?

应该说,大刘的生前追思会,举办得非常成功。会上还约定,找个日子,一起去给自己选一块纳骨的墓地。

活人开追思会,活人自选墓地,这倒是一种不留遗憾,或者是少留遗憾的办法呢。

2013 年 9 月 12 日 西安曲江

热闹的墓园

生活在西安，可以肯定地说，总有一些地方不曾去过，但是那个叫“三兆”的地方，谁能说没有去过呢？哪怕生前没有去，死后也是一定要去的……那座高耸入云的烟囱，和烟囱顶上袅袅飘浮的烟气，是西安人最后一次的演出。

我这么说，大家是明白的。就是说我们人，有钱也罢，没钱也罢，有权也罢，没权也罢，最终都逃脱不了一个“死”字。至亲至爱的人离去了，抬头不见低头见的同事故去了，还有正常不正常、熟悉不熟悉的人死亡了，听到消息，送上一程，让人不可逃避地总要琢磨一回“死”的问题。我想得很糊涂，而我相信，一切琢磨过这个问题的人，可能想得如我一样糊涂。然而糊涂着，死却在身边和周围时时发生着。那情形好像是，大家在这个叫作“地球”的物体上忙碌着，有的种庄稼，有的开机器，有的做生意，有的搞艺术，有的当官坐办公室,而有的基本什么都不干,就是谈情说爱,就是怎么玩都玩不够,却突然不知被谁断喝一声,说你大限到了,你一点儿办法都没有,你立即就完蛋了。

可怕的"死",就是这么简单。

然而呢,却又很不简单。所以说不简单,都在于自己死后的安排了。

西安人能有什么安排呢?去"三兆"是必然的,从"三兆"出来,又往哪儿去呢? 这就有了选择。西安的大街小巷,像房地产一样火爆的,就是广告牌竖得高高的墓园了。听人传说,活人居住的房子,还不如死人的墓地价高。高到怎样一个程度呢? 听人传说,人啊,活得起,死不起。

哎呀! 这可怎么得了。

朋友大刘别出心裁的一场追思会, 我们几人相约,择了个时日,到西安南部的秦岭脚下,寻了一处墓园,钻进去,要探一个究竟,如果条件许可,我们说不定会一起团购下几个墓地呢。

虽然是死后躺的地方,舒服与否,已无关紧要。要的是一种风脉,还有一种静雅。我不知别人是怎么想的,而我就坚决地这么想了。

我随着朋友,在这处墓园漫无目的地走着……因为天气正值仲夏，墓园里不仅飘荡着浓郁的松柏味儿，而且还加进了许多清幽的花味儿。凭我的生活经验，我把这处很大的墓园看了一眼，即知那成排成排的松柏树，都是人工栽植的，碧翠一片，仿佛列队守墓的绿色巨人，在风的鼓动下，摇摆着，是威武的，更是壮观的。在松柏浓厚的阴影下，就满是自由生长的野草，相互纠缠。其中一些，依着节气的变化，开出一朵或者一串白色的、黄色的、粉色的花儿来。有的花儿大，有的花儿小，由于少有人的打扰，便都开放得十分热烈。我们逡巡在墓园里，突然会有一两个很熟悉的人迎面而来，这让我要惊诧一下，而且还要慌乱一阵……他们如我一样，生前可都是西安的市民，可是他们搬家了，从西安城搬到这里来，成了这里的居民。

任哲中、傅嘉义、石宪章……我辨识着墓碑上的名字，知道他们活在西安城里的时候，是怎样的炙手可热，是怎样的如雷贯耳，是怎样的家喻户晓，他们可说就是西安的脸面。如今，他们搬出西安，落脚在这一处墓园里了，但西安城没有忘记他们，他们依然以自己被时间所能记忆的精神气质，让西安城的活人们津津乐道，传说了又传说。任哲中是秦腔大鳄，他开创了任派唱腔，深入人心，独一无二。他生前亲传了多少弟子，我不知道，但我知道刻意学习他的人，太多太多。专业的秦腔剧团里有，民间的票友亦有，而且是，后者比之前者，要多得多。我们几位朋友在从西安城出发时，就耳听环城公园里，这里一丛人，那里一丛人，你一嗓子，他一嗓子，唱着任哲中拿手的《周仁回府》《祝福》……在西安城墙根听到的任哲中，让我们面对移居在墓园里的他时，他突然地被放大了，仿佛是他在自己新的居住地在演唱一样，是那么的振聋发聩，是那么的激越热烈，而与他一样，移居在此的人们，都竖起耳朵，聚精会神地为他而陶醉。这其中就有我所敬仰的傅嘉义、石宪章先生。他们一个是西安城杰出的篆刻大家，一个是西安城著名的书法家；一个五十岁出头谢世，一个六十岁出头辞世，让人至今想起，都要痛惜而喟叹的。不过还好，傅嘉义的印石，石宪章的书法，没有跟着他们而移居，都还在西安有幸藏有他们印石书法的藏家手里，生着辉，放着光。我有一次，在一位书法家的案头，就见着了傅嘉义的一方印石，那位书法家写了一幅字，在钤印时，我拿起他刻的印章，来为那幅字钤印了。在我把红亮亮的大印钤在宣纸一角时，我突然有一种别样的感觉，我感到那方印石是热的，温乎乎的似乎还有点儿烫手。于是我想，傅嘉义先生是把他的满腔热情，都倾注在他刻制的印石上了。如今，他遗憾地移居他处,但他给予艺术的热情,还尚存在他的印石作品中,永远不会移居。

傅嘉义和石宪章两位先生，生前是绝对的秦腔票友，而且是任哲中的铁杆儿拥簇者。任哲中移居到此来了,他们也移居来了，他们还在醉心地聆听任哲中的秦腔演唱吗?

清寂的墓园,在我的世界和意识中,热闹起来了。我不禁想要感叹:

清寂的墓园,在时间里依然热闹着。

2013 年 9 月 17 日　西安曲江

疑似一样

怎么说呢？人和人，能够一样吗？

作为一种目标，也许是可能的，但现实生活，清楚地告诉我们，人和人还是有差距的。这种差距，不仅表现在分工不同，地位不同，还表现在财富、智力、情操等许多方面，正像我生活在乡下的时候，常听人说，“冷了冷自己，热了一起热”。

这是个什么话呢？说白了，即指人和人的差距。天冷的时节，买得起皮袄，戴得起皮帽，又无所事事的人，自然冻不着。而没有这样的便利，且又要在冰天雪地里受苦的人，又自然是要受冷了。而天热的时候，不论人的地位出身，也不论人的贫与富，该受热时一样受热。

人之所以为人，这是享受得到的最自然的平等。

然而即便是这样的平等，进入工业化时期，也被无情地粉碎了。地位身份高一点儿的人，天热时用得了空调，就不受热了。而无福受用空调的人呢，就如他无福天冷时保暖一样，还得继续受热。

这教人气馁。难道世上的人，就没有一处一样的吗？

那么死呢？一个人不管活得多么富有、多么辉煌，一个人活得不管多么贫穷、多么无奈，到头来都逃不脱一个死。

死之于人，没有太多的不一样，基本上都是眼睛一闭，两手一撒，蹬腿儿一去，生前的一切，富贵也罢，贫贱也罢，都与自己没了关系，都得被人抬着，埋进土里。

然而，几位朋友去秦岭脚下的墓园给自己选择墓地，走着挑着，我便发现人的死，虽说一个样儿，但也只是一种疑似一样。

怎么能是一样呢？墓园的建设者，在设计的时候，就如生者的城市一样，规划出不一样的小区来。一般的墓地，如城里的一般住宅，容积率是非常高的，密集而简约，一家的坟头，恨不能枕在另一家的坟头上，拥挤不堪，让人看了，心里难免添堵，怀疑从城市移居到此的他们，活着时睡觉伸不直腿，死了躺进墓穴，也还仍然伸不直腿。自然了，这样的一般墓穴，亦如生者的城市一样，占着较为广阔的地方。与此形成鲜明对照的，就是那片选址幽静，设计别致，而施工又极尽富丽的“富人区”了。远看，已非常的堂皇，走近了去看，就更是让人吃惊。询问跟来的墓地销售人员，得到的回答是，这里的墓地按平方米计价，最高六万八千元，最低三万八千元。乖乖，城里的房价有这么高吗？不说普通的住宅，便是特殊建造的别墅，在我们生活的西安城，大概也难找到。

人啊人！如今大概没人说他活不起，但要感叹一声死不起倒是要引起共鸣呢。

在“富人区”里，还分出几个豪华点来，有围栏，有台阁，全部是汉白玉制作，占地亦多了许多，看起来好不雍容华贵。再问售价，很会察言观色的销售人员说：“几位买吗？不买又何必知道。”我们不能与销售人员犟嘴，他说得没错，我们几个朋友，没人有那个奢望。所以，都把脸从那让人可望而不可即的“富人区”别过来，又回到普通人消受得起的墓地来了。

前边说了，这里的墓地是密集的，整齐划一，仿佛列队晨练，或是赶点儿跳广场舞的平头百姓一样，年老者有之，年轻者亦有之。因为一入墓园，有幽静处的“富人区”吸引，大家也许如我一样，没怎么留意穿行而过的普通人墓地。回头过来，我看见寿终正寝的人们，无论年老年轻，都有一幅生前的照片,镶嵌在自己的墓碑上。年老的不去说了,但凡年轻的他们,全都呈现出一脸青春勃发的神情。这让人唏嘘感叹,为他们生命的早逝而扼腕。黄泉路上没老少。我干涩的眼睛一时竟有些湿润,因为我看见了一幅照片上的小伙子,读他的碑文,知他不足三十岁而亡,这和他墓碑上的形象是吻合的。照片上的他,一脸的坏笑,顽皮而诡秘,像是正与一位心仪的姑娘调着情。与他隔着几处墓地的,是一位年龄接近三十岁的少妇,她皓齿明眸,长发披肩,咋看都是个颇具风情的女人。看了他俩,让我不禁要想,这里该有个热心的红娘哩,闲来无事,给他们年轻人牵一牵红线又如何!当然,必须是当事人自己你情我愿才好。

只不过,人死移居到此,生前的争名夺利,还有富贵贫贱,在这里还起不起作用?

朋友们在墓园里也许走累了,问了问情况,没谁认真预购墓地。驱车返城,都已看见大雁塔的塔尖了,不知别人怎么想,我却还在想,或迟或早,若干年后,我也要移居过来,成为那里的一分子,我能怎么样呢?一把白花花的骨头渣子,最终的结局,只会是化入泥土,不会有别样的结果。什么大理石的富丽墓地,什么汉白玉的豪华墓地,抑或是普通的青石板墓地,到了一定的时候,三代人一百年,还有人来这里看望缅怀咱吗？

我糊涂着，只想时间或许知道答案。

2013 年 9 月 18 日　西安曲江

乐诽

愤怒嫉恨吗？暴跳如雷吗？以牙还牙吗？……一个人在他无辜受到非议、诽谤，甚至陷害时，最容易做出的举动，可能都是这样的。如果不能平息心中的怒火，以牙抵牙、以血还血也是可能的。我不排除我就没有这样的心思，因为我不是圣人，所以我也会，特别是在年轻的时候，血气方刚。谁能咽下被人非议、被人诽谤、被人陷害的恶气呢？

好在是，人在一天天地经历，一天天地变老，到了一定的年龄，回头来看，不难看出怀有以恶制恶、以暴制暴的心理，是多么幼稚的一件事，太不值得了。

我们读书，从幼儿园启蒙，上到小学、中学、大学，十多年的统编教材读下来，大家把自己读过的篇目梳理一下，看看我们都读了谁？屈原躲不过去，司马迁躲不过去，苏东坡躲不过去……我要罗列下去，发现那些被统编进教材里的作品和作者，都有一个特别突出的特征，就是写了这些作品的人，在他们的生前，都是要被人非议、诽谤和陷害的。看透了这一点，即使我愤愤不平时，也还会露出一丝会心的微笑。

端午节，我们享受着这一伟大的传统节日。天才的屈原写下了《离骚》《九歌》，但他活着的时候，却是那么的悲惨，在他祖居地楚都，不断地被人非议、诽谤、陷害，到头来，连英明的楚国国君都烦了，跟着那些非议、诽谤和陷害他的人，把他赶出国都，让他身无立锥之地。痛苦无望时，在汨罗江畔，仰天一声浩叹，纵身一跃，投水而亡……他死了，因为他的真诚，因为他的真爱，他活在老百姓的心中，也活在无边无际的时间当中。老百姓以节日的形式纪念他，时间以节日的形式怀念他，他没有死，他死不了。倒是那些非议他、诽谤他、陷害他的人，活着时，就在老百姓的眼里和时间的面前死了。他们死了后，就更在老百姓的心里和时间的面前，死亡得一点儿痕迹都没有。

屈原是这样，司马迁也是这样。

被陷害受了宫刑的司马迁，所承受的屈辱，真不如屈原投水那么痛快，但他默默地承受着，还创造性地为中华文化留下了一部皇皇巨著的《史记》，使我们中华文化有了一部可称信史的大作。

屈原的不幸，司马迁的不幸，历朝历代，打墙的板一样，一直地翻着，就没有停止的时候。到了北宋，突然地降临到了苏东坡的头上。这位千百年来堪称文学第一大家的才俊，从他科举考试取得大名后，几十年间，从来都与他人的非议、诽谤、陷害相交织。不是被明枪伤着，就是被暗箭伤着，从开封贬到黄州，从黄州贬到英州，一贬再贬，最后竟被贬到海南岛上的儋州……不断地被非议、被诽谤、被陷害，好像还不能清除给他制造噩梦的小人们的戾气，他们甚至想要借助皇帝的手，杀了苏东坡而后快。正如时人黄庭坚《跋子瞻和陶诗》一文里说的那样："子瞻谪岭南，时宰欲杀之。"可不是嘛，为了躲避朝廷中的是是非非，苏东坡主动申请，外放到地方任职，先先后后八年时间，相继任职杭州、密州、徐州地方首长，取得了非常不错的政绩，老百姓拥戴他。可是围绕在皇帝身边的一批小人，却不怎么待见他，千方百计地要非议、诽谤、陷害他。宋神宗元丰二年，亦即公元 1079 年，苏东坡被调任湖州担任知府。湖州就是今日的浙江吴兴，新的环境，新的开端，苏东坡筹划着新的工作方向，打算为地方百姓多做些实实在在的好事。然而，一场突如其来的陷害，差点儿要了他的性命。

臭名昭著的“乌台诗案”在几个小人的罗织下爆发了。小人们看不惯苏东坡比他们有才，见不惯苏东坡治理有方，就把苏东坡的诗作拿来，鸡蛋里挑骨头，断章取义地找出几句，诬陷他“讥谤朝政”“愚弄朝臣”“指斥乘舆”！哎呀呀，有此三条大罪，苏东坡被千里迢迢地捉拿回开封，下到天牢里，等着杀头了。好在有个爱护苏东坡的曹太后，得知事情的原委，告诉神宗：“因写诗文而系于牢狱，自从开国以来尚无先例。我患病已久，万不可再致冤屈之事，以免损伤天地中和之气。”苏东坡因此死里逃生，躲过了一劫。

然而不幸得很，苏东坡保住了脑袋，却依然保不住自己被非议、被诽谤、被陷害的命运。后来做了宰相的蔡京像原来诬陷苏东坡的小人一样，依然嫉妒着苏东坡的才华，一次又一次地诋毁诬陷苏东坡，为此还发明了一个立碑辱名的方法，把包括苏东坡在内的许多后来为中国文化所记忆的伟人名字，刊刻在上面。这座石碑史称《党籍碑》，在桂林龙隐崖的一孔石窟里，还隐约残留了一部分，历数上面刊刻的名字，计有司马光、苏轼、苏辙、黄庭坚、秦观、程颐等。

聪明如蔡京者，刊立《党籍碑》，原来是要侮辱苏东坡他们的。不承想，辱人不成反辱己，被辱的人在时间的长河里，一个一个，越来越圣洁光辉，越来越受人崇拜敬仰，而他自己却耻辱终生，万世为人唾骂。

历史是一面镜子。一个人在被非议，在被诽谤，在被陷害时，并不完全是个坏事，只要自己行得端，走得正，是可以乐见非议、诽谤和陷害的，更可以乐视非议、诽谤、陷害成为打磨树立自己才华和品行的奠基石。

2014 年元月 6 日　西安曲江

第二辑 生活知道

吃太阳

康定送别我的，是一夜的大雪，这让我有种说不出的慌乱，首先感到身冷，继而又觉得心寒。才是9月初的日子啊。在我的家乡关中，怎么说都不至于这么冷，天气晴好的话，满街都还是薄裙短袖的红男和绿女呢。

太阳！温暖的太阳啊……我想起前日下午，在宾馆与康定地区的文学爱好者的相聚。我给大家讲了几个故事，其中就有一个“吃太阳”的故事。

这是我眼见的一个故事。

那一年，我到宁夏出差，借道游览西夏王陵。从银川城出来，不多会儿，就能看见横亘千里的贺兰山。不知是洪荒年代就有的产物，还是后来自然的变化，贺兰山下全是无边无际的戈壁滩，那些风化成拳头般，或是碎成脚板般的各色石头，像是凝固了的大海，让人看着眼晕。可我发现，就在这不见一点儿绿色的地方，偏偏放牧着一群一群的绵羊，这让我睁大了眼睛，惊奇不已。

那一群群的绵羊在戈壁滩上吃什么呢？

带着疑问，我让汽车停下来，走着去看那云彩一般白嫩的绵羊群。对于宁夏的滩羊，我生活的关中，有着许多美好的说教，一说滩羊的肉嫩好吃，二说滩羊的皮毛柔软保暖……宁夏的客商，知道关中人对滩羊的喜爱，每年入冬时节，就会驮着滩羊肉，背着滩羊皮，到关中来做生意。我不敢说别的地方如何，但我可以说我出生的小堡子，上了岁数的人，无论男，无论女，家里情况好一点儿的，都会毫不吝啬地拿出积蓄来，为自己操办一件九道弯的羊皮袄。有了这一层原因，我更有了一探滩羊秘密的好奇。

探看的结果，让我大吃一惊。那一群一群的滩羊，在戈壁滩上放牧着，绝少吃得到绿色的牧草，它们一个一个，吐出红红的舌头，在被太阳晒得焦灼的石块上，贪婪地舔吮着！我不知究竟，去问放牧的汉子，身心有点儿慵懒的放牧汉子，轻描淡写地告诉我：

吃太阳。

牧羊汉子说得很不经意，而我却听得如雷贯耳。我在想，原来太阳是可以吃的。这个道理是如此的浅显，地球上的动物和植物，千千万万，哪一种哪一类，不像贺兰山下的滩羊，吃着太阳。

太阳是万事万物的第一等营养。

舔食着石块上太阳的滩羊，从它们的嘴巴里会发出一种香甜的声音来。在那一时，我呆呆地站在滩羊群里，充耳都是滩羊吃太阳的声音。我感到了心热，我抬起了手，在眼睛上抹了一把，我知道，我有两行热辣辣的眼泪，珠串一般挂在我热辣辣的脸上。

我把这个故事讲给了康定的文学爱好者，我发现他们像我当时一样，眼里都闪烁着热辣辣的泪花。

对于我的讲座，有学员递上了纸条。他们是从笔记本上撕下来的纸，一片一片，让我几乎应接不暇。我对其中的几个问题，做了自己的回答。其中一个问："自古文人多骚客！从您的言语里，透出浓浓的人性，您是我们膜拜的神。请问您，文人的骚能到何境界？"说实话，这是个不好回答的问题，我借着"吃太阳"的故事回答了他。我说我不知道骚客文人可以怎样"骚"，但我知道"太阳"的骚，文人怎么骚，都比不上太阳。接着我还说，我不是神，也反对别人成神，一切装神弄鬼的人都值得怀疑。但我以为文学可以为神，神圣的文学像太阳一样，是能够温暖我们，给我们营养的。

“问世间情为何物,直教生死相许?”我想借用古人的这句话说:“问世间文学为何物?直教人生死相许!”

神圣的文学啊!是该拥有太阳的质地才好呢。

2011年10月2日 西安曲江

品太阳

清早起床，我们补充身体的第一口营养是什么呢？是牛奶？是鸡蛋？是咖啡？我要往下细数，不知能细数出多少种早餐食物来。但我要说，我们补充给身体的第一口营养是太阳。

委内瑞拉一个叫阿扎斯的十岁小孩，在2007年6月的时候，鼓起勇气给他们的总统查韦斯写了一封信。这是个穷人家的孩子，他在信中说，因为每天要起早上学，所以很久很久已经没有看到早晨的太阳了。这位穷孩子说了，他希望迎着初升的太阳去上学！

查韦斯读了阿扎斯的来信，宣布于2007年9月始，把委内瑞拉时间，总体调慢半小时。因为时间的推后，给这个国家带来的影响是非常大的，比如金融业、商业零售门店，以及医院和政府工作部门，都采取措施适应调整后的时间。据说，全国因为调整适应新的时间，所花费的成本达天文数字，然而阿扎斯以及和他一样的穷孩子，能够迎着太阳上学了！

天才凡·高，这位享誉世界画坛的人物，毕其一生，用他超凡的画笔，孜孜以求的，可不也是炽热的太阳吗？

凡·高的《向日葵》，是我最为崇拜的画作，还有他的《麦田》！那几乎流火一般的太阳，咄咄逼人地铺满了整个画幅，无处不是旋涡、熔岩般翻滚涌动……特别是向日葵！画面上的葵花，一朵朵夸张而激情迸发。我要说了，那可正是开在凡·高心上的太阳之花啊！火红的花蕊，仿佛一团炽热的火球，而四射的花瓣，就是太阳放射的光芒。

不被理解不要紧，只要太阳知道，凡·高就一定是凡·高。巴黎流光溢彩的画廊，在他生前，没能成功卖出他一幅画作，而在他死后，却让世俗的社会，对他的画作顶礼膜拜。他成了太阳的孩子。

看太阳……懂得太阳……是每一个人都有的权利，因为我们如阿扎斯、凡·高一样，都是太阳的儿子。然而，问题在于，我们是否在意太阳，真正用心地感受太阳。

2011 年夏末的日子，几位操弄文字的朋友，到地震后的玉树藏族自治州采风。那天是个好日头，我们沿着通天河，到称多县的几个震后建设点去。休息的时候，我看见近旁的草地上，有个藏族老大爷，斜倚着一块大石头，坐在那里，抬头看一眼天空，低下头来，喝一口青稞酒……我走向了老大爷，和他聊了起来，没想到他听得懂我们的话。我问他，没有下酒菜，您老人家咋还一口一口地喝酒？老人家先没说啥，他又一次抬起头看天，然后又低下头来喝酒。

老人家喝了酒后，给我说了，太阳就是下酒菜。

啊啊……我被老人家的话说愣了，也像他一样，抬头看天了。但我没有看见太阳，正有一团浓云，飞过来遮住了太阳。我有点儿失望，低头来看老人家的时候，他把装着酒浆的一个皮囊举给了我。

老人家给我说："喝一口吧！我把太阳装在酒里了。"

2012 年 10 月 3 日　西安曲江

断臂玉兰

听闻这棵花树之王的古玉兰，已有一些年头了。今春四月初六，早起通过阳台上的玻璃窗，我看到小区绿化带里栽植的玉兰，或粉白，或紫红，开得正艳。但我知道，她们都太细嫩了，是不敢与秦岭深山中的玉兰王相媲美的。那棵大蟒沟里的玉兰树，在周至县的老志上即有记载，时在北宋初年的时候，如此算来，已逾千年的风霜雨雪。这让我不敢再想，觉得人真是不如物呢！一棵花树可以千年挺立绽放，而一个人百寿都属稀罕。我的心动了，以为她该是秦岭山里的树之神、花之仙了！

真得感谢四通八达的公路和现代化的交通工具，老祖先步行三五日难见玉兰王的路程，我们驱车不到三五个小时，就顺顺利利地到达了。

连陇成片的茱萸林，开满了金黄色的小花。在茱萸花的簇拥里，隔着一条溪水潺湲的河沟，就是奉为仙妖的玉兰王了。正如我在家写的那两句话一样，是夜一场细雨，让含苞初绽的满树玉兰花，透出一股清亮的色彩来，她是紫红色的，吐露着高贵沉郁、大气自然的紫红啊！我猛地睁大眼睛，却不能尽揽她的美丽；我急喘地呼吸着，也无法尽收那铺天的幽香。同道而来的友人张龙，急忙取出他背囊里的相机，咔嚓、咔嚓……仿佛闪电一样猛拍着。

哦！千岁、万岁，山呼着想要长生不老的人，通过摄影或许可以实现，但对这棵让人敬慕的玉兰王，却并不需要。她自己就已生动地活过了千岁，而且（当然要不被人破坏）她还会进一步活到万岁。

人的渺小，让我站在这棵千年玉兰树下，感到从没有过的心伤。

这是因为，人天生着一副热心肠，但却常常无情。而玉兰王，我手抚她苍劲的躯体，虽感觉不到她的心跳，但我已知她的襟怀，是温情的，是恒久的……在她占地两亩六分的树荫下，横亘着数根从她身上折落的树股，粗者有碗口一般，细者也有人的胳膊那样。知性的长怀老友，邀请并陪我一起来到这里，他给我说，这些年，居住在玉兰王周边的山民，有一些搬出山外了。玉兰王眷念着他们，每搬离一户人家，玉兰王就要断去她的一根枝股！

啊！啊！

我蓦然抽回抚摸着玉兰王的手，心里天裂一般惊呼了两声。

断臂玉兰！

这四个让人心惊肉跳的字眼儿，倏忽映现在我的脑海中，让我要问，天下还有何物，能如此与人同欢乐、共悲伤！

断臂悲人的玉兰王啊！她是还要发出新枝来的，与她断臂同工异曲的是，每有一根新枝生发出来，居住在她周遭的山民，就会有一家人，落草一个哇哇啼哭的光屁股新人呢！

让人恋恋不舍的玉兰王啊！我一步三回头地撤离着，幸运地觅见她的一截断臂。遭受到自然的风雕霜刻，这截断臂已然成为一件美轮美奂的艺术品，透、瘦、露，仿佛太湖石一般绝妙。我弯腰捡起来，就不再丢手，一直地捧着，心想我捧着的该是玉兰王的魂灵呢！

我把这截玉兰王的断臂捧回家来，安顿在我的书房里，我面对着她，为她写下了这样两句话：

春风起时玉兰舞，细雨润后花自幽。

2011 年 5 月 10 日　西安曲江

发呆

秀美的潕阳河，就偎依在施秉县的城边上。河的右岸，突兀地耸起一座叫架角的山峰。神秘的黔西南地区，最不缺的就是山峰了，“天无三日晴，地无三尺平”，是这里最为真切的写照。山连着山，水连着水，所以说架角山在黔西南算不上多么有名。不过有个传说，倒是挺有意思。

传说这里有个名叫九乡的苗家后生，一天在潕阳河边放牛，忽听对岸一阵歌声。谁家的姑娘呢？歌声这么好，人也长得一定漂亮吧！九乡牵着牛，游到了河对岸，到处寻找，把木叶吹得满山响，可就是听得见姑娘的歌声，找不见姑娘的影子。

心病缠上了九乡，他此后天天去放牛，天天吹着木叶找那歌声撩人的姑娘。功夫不负有心人，找了不知多少天，在一个大雨倾盆的日子，九乡终于找到了姑娘。他们对着歌，对得忘了一切。是暴涨的漁阳河水，让一对青年男女发现了他们的处境非常危险。九乡扔下了他放牧的牛儿，牵着姑娘的手，往山上跑，可是洪水比他们跑得还快，很快就淹到了他们的腰上……九乡情急之下，把姑娘扛在肩上，扛到了高山顶上。

九乡救下了姑娘，却丢了他家的牛……他以一头牛的代价，赢得了姑娘的芳心，他们结为了夫妻。就在九乡和姑娘欢度蜜月的日子，漁阳河边，九乡丢牛的地方生出一块大石头，跟风见长，不到一个月的时间，竟长成了一座山。而这座山又长得像极了九乡丢失的那头牛，整田插秧的日子，牛一样的山，在夜里会活过来，帮助九乡和姑娘，把他们家的水田都犁耙出来。直到九乡和姑娘都老了，牛一样的山才不再复活，永远地成了一座山。

这就是神秘的架角山了。

几位朋友来到这里，天黑吃罢饭散步到架角山下，相互招呼着，一直地上了架角山。在山脚下看山，山是一个样子，上了山顶再看山，山就是另一个样子了……施秉人可能为了旅游，在架角山的山顶上，新修了一个小亭子，几个言语发酸的人，胡乱地发着议论。大家说得还算热烈，而我只参与了那么三两句，也不知是何原因，枯坐亭子里，俯视架角山下的漉阳河,很没来由地发起呆来。

热烈的神侃,不知什么时候,就侃到我们闲坐的小亭子上。

是的,这个新修的小亭子似乎还没有名字,六角形的廊檐下,没有亭子所常见的匾额。于是,我的文友们,七嘴八舌,各展其能,在为这个小亭子起着名字,什么大江亭、什么架山亭……我发着呆, 但是文友们所起的亭子名,我还是一一听进了耳朵。我知道,大家所以热衷于为亭子起名,并没有谁太当真,完全是无聊地起哄,一会儿抬屁股走人,把他们起的亭子名,全会扔到脑后。可是,我在这时却认了真,把自己发呆的眼睛,从架角山下的漉阳河上收回来,对着文友们说了。

我没有否定文友们起的亭子名,但我说了。我说:“发呆亭。”

大家听得来劲,肯定了我的起名。而且全都回过头来,俯视着漉阳河,发现暮霭中的漉阳河,确实值得发呆……鸭嬉戏于河水,鹅浮游于河面,还有耕作而归的水牛,扑腾进河里,飞溅的水花,打湿了牧童的头脸,他们快乐地笑着,也如水牛一般,扑进了漉阳河……河岸的两边,黑黝黝一片一片瓦屋,一缕一缕蓝色的炊烟,从瓦屋顶上飘散开来，如纱舒卷，如雪轻飞，一派幸福温暖的烟火气。

这时我想，人是向往热闹的，但不能总在热闹之中，有时还是需要发一阵呆的。

2011年6月21日　西安曲江

找魂

在高速公路上狂奔，在高速铁路上飞驰，还有飞机、火箭，更兼互联网络……我们身体的速度，不由自主地奔跑着，跑得太快了，快得把自己的灵魂都丢失了。

也就是说：魂不附体。

还可以说：魂不守舍。

灵魂被身体落了下来，这是灵魂的悲哀，更是身体的错乱。最为典型的事件有二：其一为彭宇事件。2006 年 11 月的时候，南京市一位老太太在公交车站台等车时被人撞倒，摔成骨折，路过的小伙儿彭宇，见状将老太太扶起，并送老太太去医院治疗。起初，老太太还算不错，没说她是被彭宇撞的，还感谢了彭宇，但到要掏治疗费时，老太太脸色一变，当着她儿女的面，指认撞她的就是彭宇，并上告到法院，索赔十三万元。法院受理了此案，在侦办过程中，有许多证据证明，老太太非彭宇所撞，可是法院却又最终判决，彭宇赔付老太太45876.6元。这件事，已经不能用“荒唐”来评价，舆论一片哗然之际，我以为只能用“失德”两个字来概括了！其二为2011年10月发生在广东佛山的小悦悦事件了。两岁女童小悦悦在佛山南海的广佛五金城，被一辆面包车撞倒碾压。如果只是碾压一遍，还可以认为面包车司机是无意的，但他明知碾压了小悦悦，却一遍碾过，退回来又碾了一遍，然后“从容”逃逸！他逃跑了，后面又来了一辆面包车，不知是没长眼睛，还是长着眼睛瞎了，开着车又从小悦悦娇小的身体上碾压过去。这太令人震惊了，被网友在网络视频上把这一过程贴出来后，让看到的人无不惊骇愤怒。人们惊骇愤怒制造了这一事件的两位面包车司机，而且还又惊骇事发时就在现场的和后来走过现场的人。他们怎么可以视而不见，从从容容、毫无表情地从被碾压在血泊中的小悦悦身边走开，而不去救助这个花朵一样的小生命！舆论为此又是一片哗然，而我以为，这是失去了人为之人的基本属性“人性”，人不是了人，只是一堆能够走动的肉体。

呜呼哀哉，我无话可说了，只能用这四个字来概叹。

我知道，我所举例只是不同的两个典型，但这两个典型为什么就发生在我们的同胞眼前？况且，类似的事情，可不仅限这两个典型。就在我写这篇短文时，《东方早报》又刊发了一个消息，浙江温州两位在餐馆打工的服务员，好心救助一位被汽车撞倒的老人后，反被讹诈。为此，我在网络上搜了一下，类似的事件，呼啦啦涌出一大片，我翻了翻，发现我要把这些同质的事件都看一遍，可能需要数天时间。因此，我要说，我们在惊骇之余，是应该有所反思的，问一问自己，我们的灵魂，可否还附着在自己的身体上？

魂不附体，我不想简单地把这个严肃的问题归结给速度，但我以为速度是逃不了干系的。

我和朋友吃饭时开玩笑，说是人类的科技发明，只有烟和酒是最人性的。烟可以刺激人的神经，让人浮想联翩，特别享受；酒也是，可以使人飘飘欲仙，诗意地感受生活。除此而外，其他的科技发明，一个是提高速度，一个是消灭人。难道不是吗？大家可以静下心来想想，我说的可有道理？大科学家爱因斯坦，也曾经预言过。老先生说，有人问他第三次世界大战会使用哪些武器？老先生说他不知道，他只知道第四次世界大战，人们使用的一定只是棍棒和石块。老先生的回答太智慧了，我没他的智慧，就避开这个话题来说速度，因为我知道，人类所不断实现的速度，都没有人类自己向往的那么快。就说高速铁路吧，运行的速度可达每小时三百五十千米，而试验的速度已超过每小时五百千米；再是波音747飞机，时速九百千米左右，都这么快了，超过了音速许多，可也没有听谁抱怨：太快了，咱们必须降速，制造一些慢点儿的高铁和飞机。

对速度的欲望，我不知道外国人是怎么想的，咱们国人都抱着大圣孙悟空“一个筋斗十万八千里”的梦想。心里是这么想的，嘴上是这么说的，行动上是这么做的。说不定真有那么一天，人类会制造出像飞弹一样的运输工具，把乘客装进炮膛里，一炮从地球打到火星上去，一支香烟抽了半截，一杯香槟喝了两口，到了火星上，从落地的炮膛里走出来，游览观光一番，再坐进炮膛，一炮打回到地球上来，继续抽他抽了半截的香烟，喝他喝了两口的香槟。

是的，我不怀疑，一点儿都不怀疑速度就是时间，就是金钱，就是效益。然而，金钱和效益就那么重要吗？非得以贻害自己的灵魂为代价吗？去贵州的黔西南地区采风，我们几个受邀而去的作家，在一个新修的亭子里小憩。亭子还未命名，大家七嘴八舌，各显其能，要为亭子起个好名字。开始，我并没有参加大家的这一游戏，坐在亭子里，呆望着远处，远处有山，还有河，山上有碧树花香，河里有鸭游鹅戏，我看得出神，看得发呆，到大家都给亭子起了个名字后，有人问我了，我开口就说，叫“发呆亭”吧。

发呆亭。呵呵，我随口一说，结果赢得了大家的一致赞同。

其实，人不能只追求速度，可能的时候，闲坐下来，不要一点儿速度，呆呆地坐上一会儿，甚至更长的时间，其实是很不错的呢，甚至是很享受的呢。

在大都市的上海，有人把北宋画家张择端的《清明上河图》做成三维动画，放进世博会的中国馆里播映。让来到那里的人，停下脚步，穿越时空，看到北宋都城开封府的生活。一点儿都不快，街衢之上，或是达官显贵，或是引车卖浆者，都慢悠悠地在酒楼酒肆、商铺馆驿中徜徉悠游，真是教人羡慕，恨不生活在当时。当时的统治者赵匡胤，虽为一介武夫，却十分重视文化艺术，很懂得文治的意义和文化的重要，使得那个时候的文化极为昌盛，艺术极为繁荣。我们引以为骄傲的文化大家，有许多就幸福地生活在那个时候。其中最有代表性的苏东坡，还可以与皇帝打嘴仗，写诗也行，上折子也行。尽管有些诗和折子皇帝不怎么待见，把他索拿下了狱，然后又流放出来，可他在流放途中，依然意态悠闲，打猎、吃荔枝、啃猪蹄、游览山川美景，情绪来了，就还磨墨展纸，写诗抒发他心中的块垒。后来的人总结苏子，以为他最为绝妙的诗篇，都不是他在官位上写出来的，而是在一次一次的流放中挥发出来的。

被流放，在北宋那个时候，快得了吗？要翻山越岭，要涉水渡河，可是没有现在的汽车和轮船坐的。更没有高速铁路和超音速飞机了。都得自己迈开两条腿，甩开两条膀子走了。这样的速度快得了吗？快不了。命运不济，摊上个小病小疾的，还得再慢一点儿。因为慢，因为有经历，所以才有所得，文化的得，思想的得，哲学的得……有了那种种的得，便也自然地使他们的生命在历史的长河中，显得充盈而光彩。

几年前去香港，我看见那儿的人们，行走在街上，是那么的匆忙，慌慌张张的。他们的身体，都尽可能地朝前冲着，两只手像划船的大桨，幅度很大地摆动着，好像前面有什么稀罕的东西搁在那儿。他们不走快一些，再快一些，可能就会晚，可能就要让别人抢先拿走……是的，我承认香港的富庶。但是澳门呢？我去香港，是从澳门转程的，澳门也很富庶呀！但澳门的情况与香港太不一样了，在这里，随便去哪儿看，除了游客，我看见的情形是，居住在这里的人，都不甚急，行动慢、言语慢。我和他们交谈，说到幸福这个话题。他们都是一脸温暖的笑容。同样的问题，我在香港也问了。这里的人听了我的问题，他们不是一脸的错愕，就是一脸的茫然，好像是，生活在香港的人，从来不想这个问题，或者是从来就不知还有这个问题。

我无意贬损速度，但我以为，有些时候，我们其实不用太急，不用太快，把自己的脚步缓下来，慢一点儿，再慢一点儿，我们其实不会有什么了不起的损失。速度快时，可能会有另一种体验，而慢下来走，慢下来看，慢下来听，我们可能会看到、听到那些匆匆忙忙、慌慌张张穿行而过者看不到、听不到的东西，以及感受和觉察不到的东西。特别是一些最日常、最不容忽视的东西，绝对不会因为速度加快，而跟着跑……作家朱文颖总结得好，这些东西是继续美，继续仁、继续义、继续礼、继续智、继续孝、继续善、继续温良恭俭让……我在这里还想再加一句话，也就是说，这些东西就是文化，就是灵魂。

以文化人……一个民族、一个国家，想要长治久安，想要傲立于世界潮头，对人的“教化”不可轻视，这是第一等要做的事。至于GDP，可以放在教化的身后，让其在教化的引领下，健康有序地发展起来。

高速运动的身体啊，可否放慢一点儿速度？唯有速度慢下来，才可能领略满天星斗的灿烂，才可能品味经典里的智慧，才可能倾听他人真诚的心声，才可能体会自我灵魂的呼吸，才可能感知幸福的滋味……慢下来啊，身体，你一定要让灵魂附体，使灵魂守舍。

2011 年 12 月 6 日　西安曲江

自在

想要一枚闲章，就刻“自在”两个字。

我把这个想法说给几位篆刻界的朋友，期望他们满足我的这一想法。不过呢，我对此提出了自己的设想，也就是说不能简单地刻出两个字，而是要好好地设计一下，把“自在”两个字，以上下结构的形式，刻成一尊佛的形象，于佛的形象中隐含这两个字。不知是我的想法太过理想，不切实际，还是别的什么原因，几位篆刻界的朋友，初听我的请求时，都答应得很畅快，但事过数日，却没谁认真来刻，我的愿望，就还只能愿望着。

我在想，自在成佛，这应该不是我一个人的愿望吧？有血有肉的人，谁能不希望自在呢？

但什么又是自在呢？这或许是要我们认真回味的。可不可以这样说，所谓“自”，即是趋于无限的小我，也就是

“己”。而“在”，便是趋于无限的大自然，也就是一切的客观存在。两者相互对应，小我的自己，发现和认识大千世界的存在，并自觉适应这一存在，与之和谐相处，共生共存，从而获得“自在”。这该是多大的幸福啊。

佛希望获得自在。现实人生也渴求着自在。

自在人生，是个非常诱惑人、迷醉人的境界呢。然而，我们谁又能自在得了？好像是，人人都向着自在的方向奔走，却极少有人能得自在。这使大家非常泄气，困顿不堪，甚而完全绝望。不自觉地闭上眼睛，倒毙在奔向自在的路途上……自在的路途，可是非常险峻的，有时还非常的险恶，雷电冰雹会有，天崩地裂也会有，而且最是无法捉摸，可能还正晴空万里，可能还正风和日丽，却突然地遭遇天灾，遭遇人祸。使追求自在的生命，畏惧不能行，惶恐复徘徊。

美好的自在啊！你在哪儿呢？

也许就在畏惧的心里，也许就在惶恐的脚下。难道不是吗？女儿尚小的时候，要上幼儿园了，在我和妻子的说教里，把幼儿园描绘成一派天堂乐园的样子，然而，我的女儿并不这么看，她的小心眼儿里，除了惧怕还是惧怕，一次一次地向我和我的妻子询问，询问幼儿园的阿姨，询问幼儿园的伙伴……到现在，我不知道我和妻子对女儿的说教，究竟是一种哄骗？还是一种真心？总之，在头一天入幼儿园时，女儿还是有点儿期盼，也还算是高兴地去了她惧怕的幼儿园。可是，接下来的日子，女儿不想去幼儿园了，那个被我和妻子说得天堂乐园一般的地方，仿佛人间地狱似的，让女儿抗拒着，并哀哀地央求我和妻子了。

女儿说："爸爸，我不去幼儿园好吗？"

女儿说："妈妈，我不去幼儿园好吗？"

我和妻子没有理解女儿的哀求，一次一次地，强行地，把女儿送到幼儿园。我至今不能忘怀，好多次在幼儿园的门口，把女儿塞进去的那一刹那，女儿因为惧怕，幼小的身体都要不由自主地发抖……我看见了，不只是我的女儿，所有来幼儿园的孩子，莫不如此。众多惧怕的小生命，在早晨的幼儿园门口，构成了这样一幅情景：孩子们望园却步，哭闹纠缠在父母的膝下，大放悲声，惹得父母特别无奈，软硬兼施地往幼儿园的门内推着孩子，然后，背过身去，抬手抹着眼泪。

同样在幼儿园的门口，待到夕阳西下时，又会是怎样一种情景呢？父母早早地等在那里，焦急地盯着幼儿园的门口，等到自己的孩子出来，立即迎上去，把孩子抱起来，在孩子的左脸上亲一口,又在右脸上亲一口,而孩子则咯咯笑着。其乐融融,其情陶陶,一幅共享天伦之乐的美妙图画!

这个反差说明了什么呢?孩子不能得其自在。

要命的自在啊!我说不清楚,但我希望能有这么一枚闲章,让我闲时把玩在手,时常想着这个题目。

2011 年 6 月 9 日 西安曲江

隐居

下雪天，读书天。不知有谁这么说过没有？说过了，不要骂我抄袭，因为我也是这么认为的。

去年冬天，古城的那场雪，给人的感觉，仿佛天是雪做的，天塌下来了，一猛子就把古城埋在了雪里。这个时候，不出门是明智的，最好的办法就是读书。于是，我从书架上随便地抽出一本书来，是顾随看似随意的涂抹，买回来随便翻了翻，就插进书架。这时候再读，便读出了不同的况味。我得承认，面孔古板，很有些老学究气派的顾随，其实是很吸引人的。我读了进去，顺着他的思路，就发现了辛弃疾，发现了苏东坡，还有杜甫、李白，以及陶渊明、曹操等一干历史人物。

好像是，顾随对辛弃疾的喜爱胜过了苏东坡。他写辛弃疾时，一口一个“辛老子”，或者是“稼轩这老汉”，仿佛那个把酒临风的词人，就是他的亲老爷子一般亲切。有此兴致，他也就会这么看待杜甫的。他写杜甫，就同样地以为杜甫是胜过李白的。他说“老杜诗真是气象万千，不但伟大而且崇高”，而李白“才高惜其思想不深”，以致“诗豪华而缺乏应有之朴素”。对于顾随的观点，我虽然不能完全同意，但也使我有了一个新的认识，关于苏东坡、辛弃疾，关于李白、杜甫……窗外的雪没有停，在风的作用下，常常会有几片硕大的雪块，攥成一个拳头，擂向我的窗玻璃，砸得薄薄的窗玻璃，发出惊人的声响，如此这般，倒显得家里安静。我没有抬头，也不换眼睛，深情地读着顾随，这就读到了他关于佛学的研究了。

佛学是个大学问，玄而又玄。年轻时候，我是躲着而行的，上了些年纪，对这方面的著述，很自然地有了一些兴趣，迷住了，就想往深里去翻一翻，譬如南怀瑾，譬如李叔同，我后悔自己没能更早地阅读他们。在这个下雪天，我又一次后悔，没能更早地阅读顾随，他们关于佛的研究，太让人服气了……结果是，我从我读书的家里，不能自禁地抬起了头，透过窗玻璃，还透过漫天的雪花，去瞭望不远处的终南山。

这是不错的。我居住的小区，在古城的南郊，天气好的时候,抬头就能看见终南山,苍劲而高峻,神秘而幽渺……我听人说,就在如今,终南山里有不少于五百位的隐居者。

在这个壮阔的雪天里,我为他们操起了心,担心他们居住得可暖和?吃喝得可充足?这么操心着他们,我不自觉地伸出手来,做了一个火炉子上烤火的姿势来……这个姿势把我自己惹笑了,因为我的家里有政府统一的供暖设施,而唯独没有我要取暖的火炉。

隐居在终南山里的人,他们享受不到现代化城市的幸福,他们避世到山深林密的终南山里,那种传统的幸福,他们总该能享受到吧。这么想着他们,倒使我向往和羡慕起他们来了。

隐居终南,不能仅限于个人的行为,更在于个人的修行,何况信息化的社会,哪里是隐居的好去处呢?难找,太难找了。如果有那个念头,其实何处不能隐居?自己温馨的家,也可以的,让自己的心静下来,专注于一种学问或者别的什么,不都是一种很好的隐居?

小隐隐于野,大隐隐于心。

2012年3月3日 西安曲江

为人不为人

我要申明，这是从朋友马永庆的嘴边剽窃来的材料呢。去年的一次聚餐，大家喝酒穷聊……不对！应该是富聊了，有酒喝还说穷聊，不是太矫情，就是太做作。聊得兴起时，桌子上的菜冷在瓷碟子里，没人动了，大家只是嗞啦一口酒，嗞啦一口酒，好像是，说得十分知己的话头，就是最好的下酒菜了呢。

马永庆不是个太爱说话的人，因为桌子上有位叫熊召政的朋友，他从湖北来，五马长枪，说得兴酣，大家听着，在一个不算话口的空隙里，马永庆说了。他从汉字的结构上说了两个字，一个是“伪”字，一个是“佛”字。生来深具佛性的马永庆，把这两个字玩味出味道来了。他让大家把这两个字拆开看，“伪”是“人”字旁加一个为什么的“为”；“佛”是“人”字旁加一个不为什么的“弗”。这太有趣了，不拆不知道，拆开来一看，让人真是大吃一惊。原来是，老祖宗造字的时候，是这么看问题的：一个人标榜自己为人，结果是个“伪”；而一个不怎么标榜自己要为人，结果却成了“佛”。

振聋发聩……过去了许多日子，想起马永庆在酒桌上这一拆字，我还是要击掌钦佩的。我以为，这是对人醍醐灌顶般的一种启示呢，想想我们的生活，想想我们人，是不是这个样子啊！

我不禁要冷汗淋漓了，做人居然是如此的困难，想着人所以是人，不为人还做什么人？但是一旦为人，却又是“伪”的，甚至是“假”的，这可如何是好？问题就这么不容回避地摆在了我们面前，需要我们来解决了。那么，何者是“为人”呢？说透了就是人的欲望，欲望获取，欲望所得。

对人来说，欲望是天生的。从娘胎爬出来，睁开眼睛的头一件事，就是要寻找到母亲的乳房，母亲的乳房里有他所欲望的东西——乳汁。香甜的乳汁啊，谁都不能自己带着来，谁都不能自己满足自己，这就需要向他人索取了，尽管这个人是自己的母亲。向母亲索取，母亲香甜的乳汁在喂养一个生命成长的时候，点点滴滴地也在喂养这个生命的欲望，让他在成长中，获得更多更大的欲望。

说心里话，我很想把上述这几句话删去。但我删得了纸上的几句话，却无法删去人在成长中的这一事实。有一传统折子戏，讲一个成年男子，犯下杀头的大罪后，被绑在断头台上，他的母亲来看他，他泪眼婆娑，母亲也泪眼婆娑……判官询问就要奔赴黄泉的男子，还有什么愿望？男子抬起泪眼，说他想再吃一口母亲的乳汁。母亲的乳房还有没有乳汁，这时候是不要紧的，要紧的是儿子的愿望，母亲没有犹豫，解开衣服上的纽扣。把已经干瘪了的乳房，送进儿子的嘴里……判官没有想到，母亲也没有想到，所有的人都没有想到，死罪儿子把母亲的乳头叼在嘴里，上下牙齿一用力，竟然把母亲的乳头血淋淋地咬了下来！

触目惊心……这出折子戏现在不见演了，过去演出的时候，每到这里台下都会一片惊呼。但不知惊呼之后，大家是怎么想的？我不得而知，我在今天回想起来，既同情那位母亲，也同情那位挨刀的儿子，他们母子都是欲望的牺牲品。

人活一生，睁着眼睛，看什么都想要，到了最后，想想吧，要到手的东西，什么又是自己的呢？便是万千人头换来的江山，都欲铁打钢铸，最后不都一代一代，总在改名换姓地改变着吗？

把自己的欲望减少些，再减少些……这会使人活得轻松些，自在些，也就是说有了那么点儿“佛”性。不要太在意怎么为人，流水三千，我就取一瓢饮好了，不会亏了别人，也不会亏了自己。

不亏就好，别想着赚取，人就是和谐的，社会也就是和谐的。

2012 年元月 2 日　西安曲江

失乳

看过一部电影，是在凤凰卫视播出的，讲的是一个女人切除了乳房的故事。女主人公好像就是出演《新白娘子传奇》里的那个小青。她失去乳房后，一直回避着自己的男人，便是穿泳衣，下到泳池里，也一定做到把她的胸掩进水面以下，极度的忧伤，如惊弓之鸟，怕有人来，怕被人看见她的身体。想不到，电影里的情节，忽然降临到我一位朋友身上。

朋友是位男性，他的身体失去了乳房，似乎还无大碍。手术的那家医院，和他手术的那个科室，像他一样患上乳腺癌的男人，寥寥无几。我到医院去看他，发现病房里、走廊上，清一色几乎都是女性患者。

“那只乳房从我身体上失去的时候，我被吓坏了！”朋友躺在病床上，我们聊着，他没头没脑地说了这样一句话。

他说的不是自己，是他的一个女性病友。我来医院看他时，他的那位女性病友已出院了。朋友记下了女病友的话，现在聊给我听了。他说女病友的朋友是医院的一位主刀医生，那天给女病友做过手术后，脱下白色大褂，前来女病友的病床前，安慰她的一句话，就听得她更加发傻，几乎要窒息过去。主刀医生朋友说，他一个上午的手术，从病人的身上切下来的乳房，有满满的一桶。

那是怎样一个桶呢？大还是小？大有多大？小有多小？失去乳房的朋友没说，而我也不好问，这成了我一个疑惑。疑惑就疑惑着吧，但我从医院里出来，却还一直想着那个装满乳房的桶，一位大夫一个上午，就要从病人的身上切下一桶的乳房，那么十天、二十天、三十天……一年、一辈子呢？这位大夫从他人身上切下来的乳房，会有多少桶？累积起来，又将有多么壮观？这个问题纠缠着我，让我心惊肉跳，而我还在想，那么壮观的一堆乳房，都到哪儿去了？是怎么处理的？用土埋了？用火化了？我不得而知，也不想探问，觉得所能采用的方法，无非土埋，无非火化，就像我们的肉身一样，没有了血液的滋润，就都入土为安，火化了之。

也就是说，不是腐朽成灰，就是火焚烟飞。

这太让人难受了！乳房对于一个人，女或者男，都太重要了。想想我们，谁的嘴巴不是吊在母亲的乳房上成长起来的，乳房是我们生生不息的营养源，我们没有不珍惜、珍爱、珍重乳房的理由，而且我们也是这么做的。自然界里仿佛乳房一样的山峰，就都特别招人敬奉，譬如贵州省贞丰县的“双乳峰”，譬如安葬着唐高宗李治和女皇武则天的乾陵，向阳的一边耸立着的“奶头山”，就都被人仿佛神祇一样崇拜着。这是对的，非常的对。

可是有那么多的乳房，从人的身体上被切割下来，让身体失去了乳房，这不仅是乳房的不幸，更是身体的不幸。

你们男人知道什么？怜香惜玉？护花使者？朋友叙说着女病友的情况，说她失去了乳房，像是也失去了性别，说起话来是痛惜的，也是无遮无拦的，不像此前的她，很是淑女，稍过点儿性别的笑话，她都不会说出来，别人说了，她就反对，她就脸红，失去了乳房的连累，她啥话都能说出口了。

当然，朋友在述说女病友的情况时，说她强调：我是把脸皮撕下来装进裤子口袋里了，我不怕大家笑话，有一些日子，我的脾气特别坏，随便一个事情，就能上火，就要与人吵上一场，特别是与自己的男人，把他吵得烦不胜烦，说我是有病了。他这一说,我和他更是一场大吵,吵过了,却回头一想,觉得自己如男人说的,可能是有病了。不承想,到医院里一检查,还真检查出了问题,乳腺癌！听到这个结论,我傻了,不愿意相信,看着给我结论的医生朋友,我满脸的泪水。尽管这个时候,我还不知道医生朋友,每天要切除一桶的乳房,而我患癌的乳房也将成为他装在桶里的一个。

朋友的女病友说了，医生朋友很耐心地安慰着她,还问了她一些问题。

医生朋友真好意思,在我将要失去乳房的时候,他问我和我男人还在一个被窝睡吗？我没有回答他,他却又问出一个问题,问我男人还抚摸我的乳房吗？这是两个让人难为情的问题呢。不过,面对医生,我能怎么样？如实回答,才是正确的选择。所以,我略作迟疑,就老实地给他说,早不在一个床上睡了呢,咋还能钻一个被窝,钻不进一个被窝,男人又咋能摸我的乳房。我的回答,让医生朋友料事如神地点了头,他说了,问题大概就出在了这里。

这是个什么道理呢？我茫然地看着他,眼里有股冷冷的光。

他大人不记小人过地看着我,埋怨现在的人,房子住得大了，孩子要得少了，空间一大，分床睡，好像有多么自由，好像有多么自我。其实呢？把夫妻间最该有的节目淡化了下来，你不碰他，他不碰你，这就不好了，而且非常有害。我们要知道，女人长着乳房，不只是为了曲线的曼妙，而更是要让人抚摸的，让自己的男人抚摸，让自己的孩儿吃，这是乳房的基本功能。可是女人，讲究自尊，讲究自爱，把自己的乳房，非常严实地保护起来，保护在扎着花，结着朵，箍着钢圈的内衣里，真真假假地在自己的胸前，玩什么性感！殊不知，这非常糟糕，让乳房像成为判了死刑的囚徒，不能有一点儿的自在……这些，可都是乳房遭罪的结果。

医生朋友说得十分沉痛："人有错，让乳房受过！"

言语沉痛的医生朋友，说得过了头，最后居然说：自以为廉耻感多么强的女人，好像还不如卖淫的女人。我一桶一桶切割下来的乳房，很少有卖淫女人的！

医生朋友的一番数落，让朋友的女病友还说：他把我坚持的那点儿面子，一下子全都撕去了，他给我检查乳房，让我坐在他的面前，松开我外衣的扣子，解开我贴身的乳罩，把他的手，从我的内衣里，鱼儿一样滑了进去……说实话，不是医生朋友那一通数落，我怎么好意思让他的手，顺着我的肌肤，游到我的胸前，轻轻地托起我的乳房，软软的，左捏捏，右捏捏，上捏捏，下捏捏，反反复复……便是我合法的男人，也不可以这么捏揣我呀！可在这一时，我没有半点不适应，自然也就没有半点儿的反感，甚至巴望他就那么柔柔地、暖暖地捏揣，捏揣……啊啊啊，我敏感的鼻子，都从对方身上嗅到了一种吐气如兰的芳香。我把眼睛闭着，牙和牙咬在一起，后悔自己，那么努力地挣钱，买房子，买大房子，让自己的生活空间大一点儿，再大一点儿，可到头来，我的生活空间是大了，非常大了呢！但悲哀的是，连我身体上的乳房都没地方搁了。

胡思乱想的我，没能使医生朋友的手在我的乳房上多停留一会儿。他是职业的，像他轻轻地滑进我的胸前一样，又轻轻地从我胸前溜出来，用他那只带着我乳房上温度的手，给我开了一个住院的纸笺，这就把我的乳房切割了下来，丢进他说的铝合金桶里。

我的身体失去了乳房……朋友说他的女病友说话的声音好不虚弱，而且说得断断续续。朋友这么给我述说着，让一旁的我竟也感到丝丝的难受。我可以想象得到，所有的风情万种，所有的卿卿我我，所有的男欢女爱，乳房的感受是最真切的，有乳房在，什么都会有，哪怕不多，哪怕还有欠缺。乳房不在了，那些让人脸红心跳的把戏，还会有吗？

悲伤的乳房悲伤的人！

2013 年 2 月 18 日　西安曲江

水席

是句玩笑话呢，让朋友哑口了好一阵子。我说你们洛阳啊，谁给起的名字？不像我们长安，多好啊！长治久安，历史上几个大的朝代，建都在长安的时候，都是强盛的，迁都到你们洛阳，不幸得很，就都如西斜的太阳，最后都落没了。我不想朋友也失落哑口，就又说起他们洛阳的水席来，夸他们流传千百年的饮食习俗，与咱们关中一模一样，特别是西府一带，把那样一种待客的规格，也是叫水席的。

洛阳的水席是，一张漆彩的方盘，三三得九，整齐地摆着九碗菜肴，隆重些的，还在九碗菜肴上再架一个菜碗，凑成一个整数，十全十美，图的是个吉利。关中西府的水席，洛阳是什么样的格局，这里也是什么格局。便是碗里的菜肴，亦大同小异。所谓大同，就是说十碗菜肴，其实仅有五种菜品；所谓小异，也就是说菜品取材，依着两地出产的不同，各有一点儿不同。譬如豆腐，譬如粉条，譬如萝卜，洛阳有出产，关中西府有出产，两地的水席上就一定少不了这三种菜：而洛阳的茭白，关中西府没有，洛阳的水席就加上这一种；关中西府的大白菜，洛阳少见关中常见，西府水席就加上这一种……然而，万变不离其宗，什么是宗？关键就是那一个“水”字。水与油不同，油与菜相结合，最好的办法就是一个炒，水与菜相结合呢，最好的办法，大概就只有一个煮了。当然，炒菜也离不开水，而煮菜也少不了油，纯用油炒菜，太腻，纯用水煮，太淡。怎么是个好呢？千人百口，谁能说服得了谁？

大味必淡。会吃的人，是这么认为的。如此说来，通行于关中西府和洛阳的水席，倒是美味中的大味了。对此，我是不存异议的，因为我就生长在关中西府的扶风县，起小儿吃惯的就是一个水席。当时我想，我们的祖先，设宴待客，上的都是水席，是因为灶上的油少，上水席是为了节约油。现在看来，我当时的认识是偏颇的。水席省油，只是一个方面，重要的是，水席揽味，更重要的还是，气候使然。我们的传统决定了我们的生活。在深冬过年的时候，娶媳妇嫁女，是客来客往最频繁的时候。那时候滴水成冰，把炒菜端上席桌，客人的筷子还没夹着菜，而满盘的菜已凝冻成了霜。如果水煮呢，盛在深底子的瓷碗里，煮的热菜，吃到嘴里，就只是一个热烫烫可口舒心了。

但这有个问题，究竟是关中西府先有了水席呢？还是河南洛阳水席在先？不知洛阳的朋友们怎么看，但要我说，我们两地的水席，同宗同源，都该出自于公元前的周家王朝时期。五百年西周的发祥地在关中西府，三百年东周的复兴地在洛阳，东周西周所讲究的钟鸣鼎食，可不就是咱们两地现在还传承应用的水席嘛。

水席的历史就是这么久，水席流传到今天，让拒绝油腻，追求健康饮食的人们，该又是一件多么新鲜的事物。

出差洛阳，朋友招待了我一餐水席，吃得我那个满足，还有那个开心，让我大发了这一通感慨。不过，我还想撂开那个“水”字，单说一下那个“席”呢。

席在周王朝至西汉时期，高贵如天子，庸常如百姓，可是没有后来的桌子板凳来坐的。大家的屁股，能坐的都是一张芦席，只不过作为一国之君的君王，坐北朝南，他一个人坐一张芦席，谓之主席，两厢的文臣武将，则排列向下，两个人坐一张芦席，谓之副席。当时形成的这一主副格局，相沿至今，便是有了高桌子低板凳来坐，也一成不变地延续着，无论官场，也无论民间，一个样儿。不如此，便难分长幼，难分大小，便是没有规矩，便是有失礼仪。

小时候，在西府的老家坐席，小人儿的我，是没资格坐主席的，便是副席，也要被安排在最末。坐在末席的我，看到主席位置上的人，总被看席的人，最先一个敬酒，最先一个敬烟。主席位上的人，不举筷子，副席上的人就不得举筷子；主席位上的人，放下筷子走人，副席上的人哪怕是肚子饿着，也得学着样儿，放下筷子走人。因此，坐在末席上的我，忍不住总会窥视着主席的，幻想自己，什么时候也能轮着坐在主席上。工作后，迎来送往，我因为年轻还因为位卑，上桌子宴客，我坐的依然是副席，一年一年又一年……我苦苦地熬着，熬得自己囫囵快到甲子岁时，时不常地，上桌子吃饭，会被大家推到主席位上。原来以为，我坐到主席上，心里一定会高兴，会开心。但却不然，屁股坐在主席上，酒是被先敬上了，烟也被先敬上了，可受敬的心情，没来由的悲凉，没来由的慌乱。左右看去，发现自己的头发比他人稀，发现自己的牙比他人黑，发现自己的眼睛比他人暗……总而言之，自己的年龄大了。

主席，原来是给年龄大者准备的。人的年龄大了，也就是说可以拥有的时间不多了。在剩余的时间里，我们能怎么办？该怎么办？要我说，没有什么怎么办，就看自己怎么办了。

不留遗憾,是最好的办法。

2013 年 4 月 29日　西安曲江

礼乐陌上

天有道，风调雨顺；地有道，五谷丰登；国有道，忠臣良将；家有道，子孝妻贤。满头白发的杨先生，站在我的老友李少颇家的坟头前，声若洪钟，抑扬顿挫地主持着一场迁坟祭祖活动。为父亲的李少颇和他的长子李元，都是我的朋友。他们家为了国家的一项建设，自觉把祖坟从原来的地方，迁移到他们村北的新地方。地球人因为陈忠实先生一部《白鹿原》的小说，差不多都知道了这一方风水宝地。父子两代皆为我朋友的他们，老家就在白鹿原的腹地孟村乡李家村里。白鹿原上关于白鹿的传说，世世代代，非常顽固地印记在这方土地上，以及生活在这方土地上的人们的心头。那只远古的白鹿，已被传说成了一个仙子。作为一个外乡人，我敬畏那只普降吉祥的白鹿，我幻想自己也能得到白鹿仙子的护佑。因为这样地幻想着，我看见白发飘飘的杨先生，在一个瞬间里，幻化成了那只传说里的白鹿。

传说里的白鹿，是特别的，它肩负着传播礼乐的责任。它希望它所传播的礼和乐，能够教化民众，使得天下百姓沐浴着礼乐文明的雨露，享受着礼乐文明的阳光。就在此刻，就在眼前，杨先生所持之礼、所呼之乐，不正是仙子般白鹿所传播、而在今天渐渐淡薄了的礼乐嘛！

在我意识里幻化成白鹿仙子的杨先生，如我于开篇写的那样，揭开了“赞碑”的程序后，依次就还不断“起乐”“乐至”，反反复复地调动着延请而来的乐人班子，进行着例如“揭碑”“祭酒”“上香”“吊表”“谢客”等等一连串的礼仪活动，让秋天的白鹿原，在那一个时段里，显得特别的肃穆，特别的庄重，也特别的五彩斑斓，仿佛悠游在蓝天之上的白云，也多了几分敞亮与超然。

我的故乡不在白鹿原上，而是在数百里之外的古周原上。

无论白鹿原，无论古周原，有关婚丧嫁娶的礼仪，似乎没有什么差异。这使我想起童年时候见识过的一件事，我们老家的一户人家，老娘去世了，儿女守孝三年，到三周年祭日的时候，那家的儿女给自己的母亲在坟前也立了碑，也请了乐人班子，应有的礼仪，也都在喧嚣的礼乐声里，按部就班地进行着。可是到了最后,问题出来了。

是个什么问题呢?现在的人有所不知,那时候,守孝三年的儿女,在三年祭日的祖宗坟前,依着应有的礼规,一项一项进行着,到了最后,娘舅家的来人,是要为孝子们卸孝的。戴在头上的孝帽,披在身上的孝服,作为孝子,自己是不能卸除的,这也是一项承传了许多年的礼规。自己卸除,便是不孝;其他人也不能卸,卸除了同样被认为不孝。非得娘舅家的人,来为孝子卸除孝帽、孝服,然后扔进火里烧掉,才能算作尽孝。

偏偏的,那户人家的孝子孝女,到了最后的关节眼儿上,看着他们的娘舅家人,而他们娘舅家人则旁若无人,根本不看戴了三年孝的他们。事情僵持了下来,使那家的孝子孝孙,没奈何地又守了三年孝。

礼乐陌上,无论白鹿原,无论古周原,无论别的什么地方,对我们人的道德和修养,在很长的历史时期,所起的作用实在是太大了。

礼而乐之,白鹿原上的风在那一刻是清明的。

2012年9月9日 西安曲江

袖珍鸟巢

窗前那棵土槐树上，新来了一对喜鹊。

这对喜鹊是什么时候来的？我没有注意，到我发现他们的时候，他们在密匝匝的土槐高枝上，差不多已经筑好了一个鸟巢。这教我惊奇，我惊奇那对喜鹊怎么就选择了我窗前的那棵土槐？要知道，我居住的小区，对于鸟儿来说，可是个危险丛生的闹市呢！所以，我就还要感叹，感叹他们冒险垒筑的窝巢，就是一道建筑学概念的方程式，加减乘除，仅用一些枯枝败叶，就完成了那样一个"家"的建设，不很规则，但却精巧别致，堪称一项美轮美奂的杰作。

好像是，那对喜鹊并没有完成鸟巢的全部工程，我发现他们还在勤奋地飞来飞去，叼草衔泥，忙得一个兴奋，喳喳，喳喳喳……这让我不能不想起北京的那座钢铁鸟巢。

现代国际奥运会于2008年在古老的北京举办，主办者天才地将主办会场设计为一个鸟巢的形状。这不用说，大家都会知道，主办者的用心，是要举办一届绿色、环保的奥运会，是想呼唤远离了城市的鸟儿，叽叽喳喳地回到城里来。可是那个钢结构的巨大鸟巢，除了招引来世界各国的运动员和众多的运动发烧友，可还招引来了鸟儿没有？我在网络上搜索了一下，好像没有，不仅没有，而且还使鸟儿逃离得更远了些。

这太好笑了。人总是自信的，天真的，总想着自己可以懂得一切，理解一切，以自己的想象主宰一切，然而，结果很不理想。除了人为自己的内心和天真自食其果外，自然界里的其他物事，并不能懂得人的好心，它们一以贯之，总是按照它们的天性行事。可爱的鸟儿，哪里热闹，它就远离哪里；哪里繁华，它就远离哪里。

海洋任凭鱼儿畅游，蓝天任凭鸟儿畅翔……我在窗玻璃的室内，又一次隔着玻璃，张望我窗前土槐上筑巢的那对喜鹊。我为它们担心着，不知道那棵小区里的土槐，可能保证喜鹊在它的树冠上安家？我热切地欢迎可爱的喜鹊与我为邻，傍晚的时候，用它美妙的叫声催我入眠，清早的时候，又用它天籁般的叫声把我唤醒……我这么张望着我窗外的喜鹊，并想象与它能够和谐相处，可我突然听到了客厅电视发出的一声轰响。

适逢一年一度的端午节，我的妻女都在客厅里，兴高采烈地观看“神十”上天的直播。刚才的那一声轰响，即是火箭点火时的盛况了。要不了几分钟，从西部之西的酒泉卫星发射场，腾空而起的“神十”，将在为它预设的太空轨道，展开两翼的太阳能板，仿佛鸟儿一样，开始它两个星期的太空旅行。

“神十”吸引着我，把我暂时地从窗外的喜鹊身上拉了回来，并促使我踱步到电视机前，来看“神十”发射的盛况。

我知道“神十”的发射，地处西安南郊的航天发动机制造公司是立了大功的。一个火箭的升空，发动机是其关键。别的太空飞行器，升空并有效地工作需要多少台发动机？我不知道。从已公开的数据来看，“神十”上天，就带足了五十多台发动机。大大小小的发动机，大不能出问题，小也不能出问题，一点儿微不足道的问题，都可能导致发射的失败。所以，对每一台发动机，从设计到应用，都有一个很复杂的实验过程。

作为一个热爱火箭发射的人，我于去年十月，有幸受邀至秦岭，在那里的一处峪口实验场，亲眼观看了一次实验。

不能说我见怪不怪，也不能说我少见多怪，但这次观看火箭发动机实验，绝对是一次独特的体会。强大的震撼力，让在场观看的人，无不大呼小叫，甚至热泪满眶……火箭发动机实验台，不同于火箭发射台，在这里，是要把发动机牢牢固定住的。但在点火后的那一刻，巨大的火焰，把实验台下的注水槽和贮水池里的激流，瞬间化作水汽，仿佛一朵硕大的雾气，不断地升腾，不断地壮大，很快地，便遮了天，隐了地，让我们观看实验的人们，也都埋身在水雾当中，仿佛一个个站在云雾上的仙客。

激动的心，和冲动的情，随着成功实验的结束，而慢慢地平静了下来。站在山坡上观看实验的人们，开始往下走了。在这时候，我发现了一只鸟巢。

多么小巧的一只鸟巢呀！

全都是细细的树枝，和细细的草枝，纠结着，搭出个像是馒头一样的，非常圆润、非常精巧的鸟巢。其中还有泥巴一样的物质，粘连着一些绒绒的羽毛，使鸟巢看上去既光洁又温馨，特别适合小鸟的栖居。可是，这时候的鸟巢里，没有小鸟，就那么孤零零地架在一丛半人高的灌木上，让人不禁怜惜，更要痛伤。

这样的鸟巢，栖居着的该是怎样的鸟儿呢？我猜想着并告诉我们一起来的几个朋友，大家猜不出来，就都只有遗憾地离开……我们离开得有些距离了，突然地，就有几声鸟儿的脆鸣，仿佛醉人的天籁，传进了我的耳朵，我向我们离开的地方回过头去。我看见了一对鸟儿，飞到了那个小小的鸟巢边上，它们的羽毛那么靓，碧翠碧翠，展翅飞着的时候，像是两片翠绿的树叶，而落在鸟巢上了，就又像是两只正在成熟的野果！

火箭发动机的实验，没有太多地干扰小鸟的生活。我愿这两个完全不搭界的事物，能够和谐地在秦岭的这处峪口里相处，让我们的火箭发动机能够获得一次一次的成功，也让那大山的小精灵们能够生活得更好！

2013年6月18日　西安曲江

问草

如果可能，我想问一问草。

但草不会说话，我又怎么去问呢？这怪不得我，当然也怪不得草。人和草，相处得那么紧密，却又相隔得那么遥远，这使人傲慢而气短，这使人眼馋而虚弱……我拼死忘命地读书，读书的目的，就是为了离开我热爱的土地，到水泥钢筋灌筑起来的城市里来，把我的故乡变成怀念。乡村和城市，就这么对立和谐地在我的心里存在着。我发现他们虽有千种差别，万种不同，但有一样是没有差别的，自然也没有不同，那就是人对草的感情了。

乡村就在草的缠绕里，城市也少不了草的装点。

只不过，乡村里的草是自然生长的，而城里的草是刻意种植的。可能我的身子盘踞在了城市，而我的心还牵绊着乡村，所以我对城里的草，虽然也很热爱，但却亲不起来，甚至看着被不断剪削修整的草儿们，还要生出一些悲凉感来，为它们忧伤，为它们叹息。乡村里的草是多么自在呀，房前屋后，田头地角，想从哪儿生出来，就从哪儿往出生，完全不用顾忌它的生长，会碍着谁的眼，会伤着谁的心。

久不返乡，去年秋天，门分中一位兄长去世，我回到乡里。此一时，地里的麦子全都收回了家，地就裸着了，像一个扒光了衣裳的老农，四仰八叉地歇下来，突兀地错陈在田地上，生着绿汪汪的草。

没有人，人都走了。

没有了人的田地，田地很放心地把它们交还给了自然。自然有风，自然有雨。一场风，一场雨，光裸的田地，草儿们齐刷刷探出头来。开始的时候，总是那么小心翼翼，探头探脑，东张西望，担心有什么不测，突然地从天而降，腰斩了它们的身条，砸碎了它们的脑袋。但是没有，庄稼人忙了一个夏天，把麦子收尽晒干，藏在了粮囤里。他们心满意足，抽空儿要歇一阵子，同时还要铺张着乐和一阵子……忙罢戏，今日才在东庄息鼓，明日就又挪到了西村开锣，《三滴血》《火焰驹》《赵氏孤儿》《周仁回府》……都是大家看过的戏，今年看，明年看，咋看咋过瘾，村与村都有着亲戚，庄与庄都通着音讯，人来人往，热茶热饭，冷落了的只有田野。无边无际的田野上，一片宁静，能听到的，只剩鸟叫，或是虫鸣。三伏天，太阳光的明亮，没有哪个时候可比，草儿们不畏烈日，朝起一身露珠，向晚一身晚霞，大模大样地生长着，把自己的身条儿，往高处举一举，再举一举，使自己尽可能地长高一些。天堂就在高不可攀的地方，没有别的方法可以到达天堂，唯有向上，再向上。

回乡奔丧，我再次被乡间的草所迷醉。我知道不用多久，被镰刀切削后的麦茬，会发黑腐烂，变成草儿生长的养料。草儿不会辜负这一份馈赠，会更旺盛地向上生长，用它的绿色向往，把漫无边际的乡野占领。人的一时疏忽，让草儿们得寸进尺，它们成了自己的主宰，也主宰了自然。它们乘风起舞，有的扭腰，有的摆臀，有的长袖飘飘，有的长发飞扬。它们是快乐的，有太多的喜悦，唯有舞之蹈之才能释放。当然，它们也有安静的时候。在某个清晨，或是某个黄昏，风清月明，草儿们从容地站立着，一副没心没肺的样子，甚至还有点儿呆头呆脑，一动不动地欣赏着日出或者日落。

其实，草儿可没有我想的这么复杂。它们奋勇地向上，风来了舞蹈，风去了发呆，都只是它们的一种本能。我就想起我逝去的这位兄长，和我一起生活在乡村时，不无哲思地给我说过。他说草儿向上走不了多久，也走不了多远，它奈何不了犁铧的切削，也奈何不了锄头的砍杀，最后都会死在那无情的铁器下。兄长的这句话，存放在我的心里，像我获得的某件珍宝一般，一直没有丢失。我回来给他送行，他说的这句话，就不断地翻腾在我的记忆里，使我突然有一个新的认识。我承认兄长说得不错，但不很全面，因为草木一生，不只一条向上的路途，它们天生还有一条向下的路途。犁铧、锄头等等铁器，虽然锋利，但却只能斩断草儿向上的希望，而向下的那一份执着还在，还会孕育出一个新的向上的理由。而且是，哪怕根断了，也不要紧，草儿成熟了的籽粒，一旦落地，就会自觉地偎进土地的怀抱，等到一个合适的机会，首先向下生出根来，再蓬勃向上，朝着蔚蓝的天空，重新开始一次。

草民百姓……我的那位兄长，原来如我一样，百般努力，千般用功，也想要背离土地，到大城市的饭锅边，加一只自己的碗。他没能实现自己的理想，平时和我拉话，总要说他是一介草民。他人去了，我不想和他争辩。人生一世，草木一秋，谁又不是一介草民呢？

乡野里的草是草，城里的草也是草。草不会哀伤，草不会娇情，草死了有种子在，把种子埋进土里就可以重生。而人呢？把人埋进土里，还能重生吗？

我明知不能，但在我的兄长被埋进土里的那一刻，我希望可以重生。

2013年5月1日　西安曲江

惹尘埃

跳啊！跳吧！

在南二环雁塔路立交桥边的高压线铁塔上，站着一个孤独的男人。他爬上铁塔已有几个时辰了，没人知道他是谁。

他爬上高高的铁塔在干什么？是寻短见吗？围在铁塔下的人，越来越多，把车如流水、人似潮涌的南二环和雁塔路的交通完全切断。解救男子的公安人员，还有医疗人员，先后来到铁塔下面。救生的气垫，铺开在铁塔下面。另有劝救专家，顺着铁塔攀爬，小心地向塔顶上的人接近。就在这时候，围观的人群里，不知是谁先喊出那鼓励的一声，紧跟着，那鼓励塔顶人往下跳的呐喊，合成了一股强大的声浪，几十个响应者，惊天动地地鼓励着塔顶的人往下跳。

我的工作室就在距离铁塔不远的一幢高楼里。铁塔上发生的故事，我开始一点儿都不知道，但我听到了那鼓励塔顶人跳塔的呐喊。那呐喊，没有哀伤，没有悲痛，仿佛节日的狂欢，是愉快的，是欣悦的。这让我奇怪，引导着我，从我的工作室里出来，来到楼下，寻到了铁塔下面。我想劝说呐喊的人们，要尊重生命，不要乱呐喊。但我知道，我如果这么劝说，不仅得不到相应的效果，而且还会引起更为强烈的反弹，使得鼓励塔顶人跳塔的声潮，更为宏大而强烈。

我是束手无策的。

在这样的背景下，谁要制止大家的呐喊，都将适得其反。因为，在这个铁塔上，已经上演过许多次这样的闹剧了。相信有关方面，对此是有统计的，十次，二十次，三十次……一次一次地上演，已让观者厌烦，失去了对爬上塔顶意欲轻生者的同情和关心。大家都忙忙的，为了生活，为了前程，开着汽车从这里路过，被塔顶意欲轻生者的闹剧，堵塞在这里，前进不了，后退不去，一小时，两小时，三小时，谁有这个耐心呢？所以就那么喊了。

我理解人们那种心烦意乱的呐喊，但还是觉得这样的呐喊，冷血了些，残酷了些。

在这个世界上，死亡是唯一确定的事。谁都不能把自己像根铁塔一样栽在世上，天长地久。然而怎么死，又的确大有分别,正如史圣司马迁在他的皇皇巨著《史记》里所说,有些人死了,轻于鸿毛,有些人死了,却重于泰山。延安时期的毛泽东,在悼念八路军战士张思德时,就很好地引用了这句话。我相信这句话的力度,所以,不只是对自己,还对我认识不认识的人,在死的问题上,都看得非常重。

好在那位欲跳铁塔者,没有真跳下来。他在铁塔顶上,坐了将近四个小时,他渴了,也饿了,谈判专家弄上铁塔一瓶矿泉水,一个肉夹馍,吸引着欲跳铁塔者,向他慢慢靠近。欲跳铁塔者小心地接过去,一口水,一口肉夹馍地吃喝了起来,吃喝一毕,就乖乖地听着谈判专家的劝说,从铁塔上下到地面……哦,一瓶水,一个肉夹馍,成了挽救跳塔者的关键,这是不是很好笑?不,这一点儿都不好笑。“人为财死,鸟为食亡。”一条生命,是人是鸟,被智慧的前人,就如此巧妙地比喻在了一起,没有什么不同,也没有什么不一样。

人活一口气,是个精神的东西,但这一口气是要那一口饭来养的。如果没有了嘴边的那一口饭,我们还能有那精神的一口气吗?

回到地面上的欲跳塔者,立即被警方带走了。他将要受到十五天的拘留,这是应该的,虽不能说罪有应得,但他以一己的举动,阻障了南二环交通近四个小时,切断城南区关键输电线路等,给公共利益造成的损害,是很大的,所以他必须蹲几天监狱,反思他这么干值得不值得。

那几天,我很关心这位欲跳塔者的新闻,但我没有看到任何消息,不知道他欲跳铁塔的原因。我没办法,我就做了那样一些分析和判断。我希望我的分析判断都是错的,如果真是这样,我的心情也许会好受一点儿。

我希望南二环这个靠近省委机关的高压电铁塔,不要再出现欲跳铁塔者的身影,但我不能保证,而且相信谁都不能保证。这个铁塔上不会再次上演欲跳铁塔的闹剧,除非完全彻底地拔除了这座铁塔。

就在我写作此文的时候,几次地探头在窗外。我看着那个输电铁塔,很想与它说几句话,你是欲跳铁塔者最为本质的见证,你可知道,一次又一次爬上你的高处,欲要跳塔,最后都被劝说下来的人,他们都有怎样的心事!我不能说他们是绝望的,但他们肯定失望过、怀疑过,而后又活了下来。这是怎样困难的一个过程?我没有爬过铁塔,我没有那样的体验,我猜想事后的他们,过活得会很不自在,甚至会更加怀疑自己,并产生更深刻的失望。那么,接下来该怎么办呢?

还会再次爬上铁塔吗?

不能了，那么做便是无言的铁塔也要对他们失望的。我在想,生而为人,怀疑是我们的本能,失望也是我们的本能,谁能活着,永远地欢天喜地?永远地心满意足?永远地锦衣玉食?永远地平步青云?永远……真的,没有谁能永远地享受快乐。那么,作为一个个体的自己,就要学会忍耐,在怀疑一切并失望时,不要绝望,而应该强忍心中的不快,对着这个现实的世界微笑,微笑着喝水吃饭,安静地睡眠做梦。

2013 年 6 月 10 日　西安曲江

木之乐

天才的音乐家，也许并不属于人类，而是我们需要认真懂得的草木。

自然了，我所指向的草木，是天下一切根植于泥土里，呼吸着阳光和水汽的花草和树木了。它们是人类最为亲密的朋友，有草木的存在，才有人类的存在。反之，没有草木的存在，就一定没有人类的存在。可以说，人类就生存在草木的怀抱里，享受的是草木的恩惠！感受的是草木的恩泽！可是我们人，对草木怎么样呢？似乎并不怎么尊重，甚至极其轻视，好像草木本来就该被人所践踏、被人所轻薄。想烧了就烧，想毁了就毁。人啊，在草木面前，表现得可是太自大了。

好像是，草木中被人所喜爱的那些种类，在人的面前，被糟践得更为不堪，有一些几乎到了毁灭和即将毁灭的程度。

我能历数出来的名目，就有金丝楠木、海南黄花梨木等，而我听说的还有不少。这样的草木是名贵的，因为名贵，所以凄惨。今日的自然界，传说已经没有几棵还能生出绿叶的金丝楠木和海南黄花梨木了。他们无一例外地被人生生地砍伐下来，解成板子，做成了商品性的梁柱，或是家具和配饰。

这么说来，我真是要为我们人而脸红，以致气短了。因为我们人的贪婪和嗜好，导致了草木的悲哀。

这是不该的！太不该了。为此，我想呼吁，我们人该对自己的贪婪和嗜好有所收敛，特别是陪伴着我们人，让我们人能够生存下来的草木。然而，怎么才能收敛起我们人的贪婪和嗜好呢？我是愚钝的，想不出别的法子来，只愿我们人，能够闲一点儿，静下心来，听一听草木之乐。或许对我们人会有一些触动，并产生一些作用。

我也并非怎么懂得草木，但我有个习惯，在我有机会面对草木时，都会微笑着去倾听它们。因此，我听得到小麦、玉米、高粱、稻子以及无数小草拔节生长的声音，铮铮铮，铮铮铮，饱含着金属的韵律，真是好听极了！因此，我听得到槐树、榆树、皂角树、银杏树，以及许许多多乔木灌木成长摇摆的声音,呼呼呼,呼呼呼,饱含着自然的气息,真是好听极了!

所谓天籁,应该包括树木的声音呢。

所以,琴瑟的制作,还有其他器乐的制作,制作的物料,一定是木质的。去厦门的鼓浪屿,参观一位华侨捐建的钢琴博物馆,认识了许多欧美制琴大师的杰作,其所依赖的,还是独特的木质材料。所谓钢琴,不能说徒有其名,但也不过只在部分的位置上,做了一些必要的组装,是绝不可以以一个“钢”字而盖全的。

刚从厦门回来,一位叫魏庚虎的乡党,礼送了我一把他亲手制作的古琴。

魏庚虎多才多艺,制陶、装裱字画,在西安大有名头。突然地制起琴来,让我又不得不对他再一次刮目相看了。他所以把他新制的琴还要称为古琴,很关键的一点是,四尺五寸的琴身,所用之木,是从一座毁弃的古庙里得来的。那座庙传说建于隋唐时期,距今已有一千多年的历史。而这棵巨木,在做梁成栋之前,依他留在琴身上的年轮来论,又还有数百年的历史。魏庚虎称其古琴,我是真要把它视为一件难能可贵的古琴了呢!

古琴穿了一件印花的蓝布衣裳,很雅致地置放在我的书房里，我即使不用弄弦，也会时常聆听到古琴的浅奏和低鸣。

浅奏是美妙的！低鸣亦是美妙的！

2013 年 6 月 20 日　西安曲江

好话

受同济大学之邀，做了一场关于文学的报告。我在报告中，无意识地挂进了一个事例。这个事例，就发生在我来上海的前一天，我的一位同乡朋友嫁女儿，大家兴高采烈地相聚在一起，杯来盏去，灌进耳朵的，都是热烫烫的祝福。突然，喧嚣着的婚宴现场，安静了下来。这是因为，装饰得喜庆热闹的结婚舞台上，有投影机把新娘新郎事前录制的恋爱经历，清晰地播放了出来。新郎在前面说了什么，我没太注意，但是新娘说的话，我一字不落地记下来了。

新娘说了个翡翠镯子的故事。

这个故事就发生在新郎和新娘初识的时候，他们在一个小区住着，出出进进的，虽然都很面熟，却又介于男女授受不亲的常理，许多年里，互相既没交往，又很少说话。忽一日，新郎在小区门口遇上了新娘，向她主动提出，可否一起吃顿饭。新娘没有扭捏,点了点头,就和新郎一起去了附近的一家面馆,自然地吃过面后,没有立即分开,又很自然地去了电影院,一起看了场电影……这样自然地来往了几次。又有一次,他们二人吃面时,新郎把一只翡翠的镯子,从怀里摸出来,送给了新娘。真是不错,新娘没有拒绝新郎,她把翡翠镯子接到手里后,摊在自己的手心里,仔细地端详着。她是喜欢这只翡翠镯子的,摊在手心里,还能感受到新郎揣在怀里时焐出来的体温,暖暖的、润润的,很是受用,很是快活……可是,新娘把翡翠镯子丢了。就在当天晚上,新娘甜蜜地睡了一觉,清早起来,她喜滋滋地找寻翡翠镯子,想要戴在手腕上,炫一炫的。

新郎说了,新娘白皙的手腕最配一只翡翠镯子了。

可是新娘找不见刚刚到手的礼物——翡翠镯子。那时,他们还没确定两人的关系。新娘不好问她的父母,自己苦苦地寻找着,实在找不到时,就给新郎打电话,让他在他开着的小车里找找。新郎是开着车把新娘送回到家门口,新娘寄望于小车,希望自己把翡翠镯子遗失在小车里,新郎打开小车门,一眼就能给她找回来。但是新郎告诉新娘,他还有事,车不在身边,他一会儿给她回电。性急的新娘,惴惴不安地等着,一个小时,两个小时……也不知等了几个小时,新郎的电话回过来,说他在小车里找见那只翡翠镯子了。

新郎不要新娘急,让她在家里等着,他一会儿就把翡翠手镯送到。正像新郎说的,新娘在家里的卫生间洗了手和脸,她的电话响了。新郎到了她家的楼下,让她下来。新娘没有迟疑,她放下电话,就往楼下跑,跑到新郎的面前。新郎把一只翡翠镯子,亮晃晃地捧了出来,送到了新娘的面前。可是,心急火燎的新娘,却没有立即接过她心爱的翡翠镯子。她看着新郎捧在手里的翡翠镯子,迟迟疑疑地,也从她的衣兜里摸出个翡翠镯子来……两只翡翠镯子,像是工艺师从同一块翡翠料上切下来,又精心雕琢出来的一样。

这是怎么回事呢?

新娘老实地交代了。她没有丢失翡翠镯子,她只是放在了卫生间,却像没头蜂似的只在自己的闺房里找。新郎拿来了又一只翡翠镯子,她去卫生间洗手洗脸,这才发现翡翠镯子好好地搁在卫生间的板台上。新郎听着新娘的交代,他温暖地笑了起来,清清淡淡地埋怨了新娘几句:你把我害的呀!我接到你丢失翡翠镯子的电话时,就在小车上,前前后后找,没发现镯子,便开着车满城转,去找与我送你一模一样的翡翠镯子。你不知道,要找一个与我送你一样的翡翠镯子,真是太难了,好不容易找到一个。

谎言……一个美丽的谎言啊！让两个有情有义的青年人,结成了幸福美满的一对儿。

我给同济大学的莘莘学子,讲着这个故事,我看见了,看见他们的脸上,有种喜滋滋的凝重。我不知道他们是怎么想的,但我是想了。我把我的想法告诉了大家,我说许多美满的婚姻,并非是大实话的产物,往往是,漂亮宜人的新娘子,都是新郎的谎言骗进洞房的。

温馨的、美丽的谎言啊!

在我们的日常生活里，存在着太多太多这样的谎言，让我怀疑,我们赖以生存的这个世界,究竟是谎言多呢,还是真话多？我没做过这个统计,也没法做这个统计,但我判断,谎言绝不会比真话少,加上我们口头上常说的一些空话,与谎言叠加起来,在数量上绝对是要多于真话的。我们提倡真话,反对谎话和空话,但我们做得到吗？譬如我们成长着,是都要离开父母的,与父母隔着一定的距离,写信或是通电话,我们能把自己当时的心情和处境真实地告诉父母亲吗？如果我们真的很开心,很平顺,很有成果,或许是可以向父母报出自己的平安的。但谁能没一点儿不开心？谁能没一点儿龌龊？我们闯荡在外,人情的冷暖,世情的善恶，不可能如我们报给父母的平安那么理想，绝对不会。自己便是多么的不顺，多么的困顿，多么的挫折，在我们写信打电话给父母时，我相信绝大多数人，是要掩盖自己的不顺、困顿、挫折，谎话报平安，说自己很快乐，很平顺，很有成就……李春波作为一个音乐人，他写过一首《一封家书》的歌曲，就很逼真地诠释了游子在外，向父母报平安的那种情态。

我们说谎，对父母尚且如此，对他人呢？真真假假，假假真真，都是交织在一起来表达的。

为此，我还想起在老家小堡子生活的时候，家族中我叫九婆的一个长辈，她对真话或是谎话，倒有一句中肯的评价：别说谁说的话真，别说谁说的话假，就看他说的话伤不伤人，伤人了就是瞎话，不伤人就是好话。

好话……我的九婆过世许多年了，今天回想她说过的这句话，我是要尊她为圣人了呢。

像要证实九婆的“好话”一说，小堡子当时发生了一幕惨剧，这个惨剧可就是一句真话引起来的。有位去西藏当兵的小伙儿，探亲回家，娶了一房如花似玉的媳妇，他不能在家厮守，新婚十天就回了部队。新媳妇初尝幸福，苦守在家，她日盼夜盼，盼望她的夫君能回家探亲。这个日子被她盼来了，她在接他回家时，把自己洗得头光脸净，穿上新婚时舍不得穿，留到夫君探亲回来再穿的大红衣裳，满脸喜气地接回了探亲回来的夫君。恩恩爱爱的一对人儿，天扑黑时，媳妇儿在自己的房间忐忑地等着。儿子在父母住的屋子里，过了一阵子，他撩开父母屋子的门帘，冲出来蹿进自己的婚房，二话不说，抡起拳头就往媳妇的身上捶，练了特种技艺的夫君，只是几拳，就把媳妇儿捶得咽了气。夫君所以打死媳妇儿，他是听了母亲的话，历数他媳妇的不是，到了还说他媳妇守不住，不学好！

母亲给儿子倒是说了真话，可是儿子把媳妇三拳两脚打死，儿子能怎么样呢？法律判他给媳妇偿了命。

血腥的真话啊！这样的事例，是不好再列举了。这就是真话的问题了，让我们悲哀地看见，真话的伤害，可谓血流遍地，白骨森森！

我的九婆，用“好话”两个字眼儿，模糊了“真话”和“谎话”的壁垒，一切以解决生活中的实质问题为出发点。真话能解决了的，就说真话；谎话能解决了的，就说谎话。她自己毕其一生，就很好地实践这一原则。我记忆十分清晰的一件事，就发生在我离开小堡子，要到大堡子工作的那一天。小堡子两个有儿有女的夫妻，不知何故，吵着吵着，就动起手来。丈夫的脸上,是媳妇儿抓下的几道血印子,媳妇儿的头顶上,有丈夫拽掉的几绺头发……九婆听到了夫妻俩的吵闹,她拄着酸枣木自制的一根拐杖,颤颤巍巍地走在小堡子本不平整的街巷里, 撵到撕扯在一起的夫妻跟前,抡起拐杖,在每人的屁股上,像是抚摸一般,轻轻地敲了一下,把两个撕扯得难解难分的夫妻,敲了开来。

九婆说他俩了。

九婆说,你两个崽娃子,两姓不同的,能够拜堂成亲钻进一个被窝养娃娃,有啥不能说?你俩说不成,不说了,就听我说。牙和舌头多亲呀,不合适了,舌头还要被牙咬一下哩。这能怪牙齿吗?还是来怪舌头?都不能怪的,就像你们俩崽娃子,吵吵闹闹,也是不能怪你们俩的,要怪只能怪咱老祖宗女娲娘娘了。

九婆是怎么怪罪始祖女娲娘娘的?她窝着掉了牙、透风漏气的嘴说,女娲娘娘操的都是好心哩。老人家在骊山上住着,没事了就捏泥娃娃,她不单捏一个,都是一对儿一对儿捏的,一对儿一对儿都如亲兄妹一样,恩爱亲密。可是天要下雨,阴云把骊山全罩黑了,女娲娘娘怕把她捏的泥娃娃淋成一堆稀泥,她就拎来一个笸箩,把泥娃娃慌慌乱乱地拾起来,放进笸箩里,端到屋檐下避过了雨。天放晴了，她再把泥娃娃往院子里的广场上晾，她辨不清最初捏好的一对对，让他们依然兄妹般恩爱亲密。辨不清泥娃娃的女娲娘娘，凑合着又把笸箩里的泥娃娃，一对儿一对儿地捡着，在太阳下晾晒干净，让他们托生成人，结成夫妻。问题就出在了这里，你们可是要知道呢，许多夫妻托生错了位，吵一吵，闹一闹，也就对咧，别没轻没重，没完没了。你们给我说，咱们能去怪罪老祖宗女娲娘娘吗？

好话，我的九婆和九婆编说的好话呀！

2011 年 12 月 9 日　西安曲江

楼顶上的菜园

利用楼顶种菜，是一大创造。

偌大的西安城，有多少人家利用楼顶种菜？我不知道。是谁先利用楼顶种菜，我依然不知道。我是受朋友张正义之邀，去他家的楼顶品茗尝鲜，才发现这一景观的。我们都置业在曲江南湖边的翠竹园里，在一个春暖花开的日子，我乘电梯上楼来到朋友张正义的家里，再从他家阁楼的楼梯，上到楼顶，忽然看见那一片姹紫嫣红的菜园，我的眼睛不够用了，整个人有点儿犯傻。

我是从农村走进城市的，朋友张正义楼顶上的风景，我在农村生活的时候，举目可见，有大有小，不一而足。大的菜园，不用说都是大集体的；而小的菜园，自然都是小家庭的。不论大的菜园，小的菜园，种植的菜品几乎都一样，是人们舌尖上喜欢的小青菜、油白菜、空心菜，以及青苋、红苋、豇豆、四季豆、南瓜、丝瓜、黄瓜、冬瓜、韭菜、葱苗，再还有大蒜、芹菜、苦瓜等。我那时年纪轻，口味淡，对后几种菜蔬还不能接受，但慢慢地也接受了。到如今年近六旬，竟喜欢上了那几种菜品。

我怀念星罗棋布的乡村菜园，一直以来，把菜园视为乡村的花园。

在乡村，视土如金，没有谁会辟出一块地来，种那些虽然惹眼，但毫无用处的花草的。而菜园就不同了，菜园是实用的，实用是乡村人不争的用心。是菜都会开花，实用的菜园，在一年四季里，除了白雪压顶的冬季，其他三个季节，都是有花开的。特别是春天，豌豆花、蚕豆花、黄瓜花、西红柿花，及其为夏季育种的萝卜花和白菜花。是的，萝卜开花就不能食用了，白菜开花也不能食用了。它们这个时候，都不能多占地方，七棵八棵的样子，被随意地点种在菜畦沿上，努力地挺拔着自己，开出白色或紫色的花。花败之后，就结籽了。籽满后割倒，摊在地边晾干，然后收回，扎成把子，挂在住房的檐下，到了下种的时候，再取下来，摘下种子，再种进菜园里去。

夏天来了。

夏天是蔬菜花开得最繁闹的时期，雪白的是西葫芦花，金黄的是南瓜花，嫩黄的是黄瓜花，淡紫的是豇豆花，或粉或紫的是茄子花……五彩纷呈，乱花迷眼。如与城市公园里的花比较，虽然少那么点儿艳丽，但却更添一份泥土的气息，和一份乡野的质朴与清爽。

秋天如夏日一样，菜园里也是热闹得可以。我因为喜欢读书，摇头晃脑地捧着书本，作势读到家里的小菜园，置身在散发着蔬菜清香的菜畦边上。我会把捧在手里的书，自然地垂下来，贴在自己的前胸，张目而视，静静地看，耸耳而闻，静静地听。我看见碧翠的蔬菜和蔬菜茎蔓上的花，仿佛我亲密的朋友，簇拥着我，让我幸福满足。我会聆听蔬菜和蔬菜花的呼吸，有蝴蝶飞来了，亦然如花一样，依偎在菜蔬的茎蔓上；有蜜蜂飞来了，把它们甜蜜的嘴巴，吻向蔬菜的花……远远地，我还会听闻鸟儿的啼鸣，忽忽悠悠飞过来，在菜园旁的树梢上，歇息一小会儿，然后又翻飞起来，向不知什么地方飞去。

我的思绪跑远了。不过还好，有几声鸟叫，把我及时拉回来，让我用情于朋友张正义的楼顶菜园，一观其美色了。

把我啼叫回来的鸟儿，就栖在黄瓜架上。朋友张正义把黄瓜架扎得真叫一个漂亮，侧目仿佛“人”字，正视则是一道篱笆，相互牵连不离不弃。还有西红柿架，三根竹竿，斜斜地插着，到了竿顶，揽头用一根绳子扎起来，仿佛一个鸟笼子，很好地支撑着西红柿保护着西红柿……简简单单的是豇豆架，一根一根的细竹竿儿，笔直地插在豆秧边，只凭豆秧儿一路花开，节节上蹿。那一份体贴，那一份纠缠，灵动而温婉……我开心地笑着，觉得张正义的楼顶菜园，像他开办的一所幼稚园。那些爬在架子上的菜蔬，都是守望幼稚园的园丁，而贴着地皮生长的菜蔬，都是需要呵护的稚子。譬如韭菜，纤细秀长，羸弱碧翠；譬如菠菜，天生丽质，娇羞矜持；譬如蒜苗，天真烂漫，顽皮惹人……张正义自豪着他的楼顶菜园，摘了几根黄瓜，并几个西红柿，也不用水冲洗，他自己先嚼了起来，也催着我吃。但我怎么都不忍心下嘴，抬眼去看与我们B楼相对的C楼，发现C楼顶上，也有人为的一处菜园。我知道那是田晓东辛苦浇灌的呢！

张正义是我的朋友，田晓东也是我的朋友。

2013年5月2日 西安曲江

怀念纯粹

秦腔是门纯粹的艺术，尤其是易俗社的秦腔，就更纯粹了。纯粹得几乎让人发疯，想要怀抱着那一分纯粹去死，笑着开心地死呢！

本家三婆，就是这样一位纯粹地享受着易俗社秦腔的人。她那一双小脚，一辈子围着锅台转，连县城都没去过，就更别说到西安的易俗社里去了。但她确确实实地看过易俗社的秦腔，这成了三婆的骄傲，一辈子的骄傲呢！三婆不识字，一个字都不认识，但在我们村里，却是公认的文化人。我这么评价三婆，你还甭不服气。一个人有没有文化，我不知道大千世界是怎样的标准，但在我们村子，是不以识字为标准的。我们村不乏识字的人，其中人称九先生的，新中国成立前教了一些年的私塾，新中国成立后又教了一些年的新学。可就是他，也不敢说他是文化人，却要恭敬地视三婆为文化人了。三婆的文化表现，一在她熟知四时八节的根由，以及安排四时八节的规程；再是她懂得婚丧嫁娶的习俗，张罗起来，特别有分寸感；最后就是她爱得性命一样的秦腔了。

三婆对秦腔的热爱，简化到后来，连“秦腔”两个字都不说，只说“易俗社”的。她此言一出，生活在村子里的人，就知道她又要说秦腔了。秦腔在三婆的意识里就是易俗社，易俗社在三婆的意识里也就是秦腔。

三婆给村里人说，她十三四岁的时候，人长在娘家，娘家的一位叔叔，去西安城里卖菜，去易俗社所在的西一路喊了一嗓子，被易俗社的一个师傅听见了，把他叫进社里的锅灶旁，买下他的大蒜，问他想不想学戏，叔叔点头了，从此留在社里，出脱成了一个很不错的角儿。三婆的这位叔叔姓王，扶风县五泉乡人。他去世得早，去世后，拉回村里埋葬，来了好些他的同好，去他的家里和他的坟前，唱了几天折子戏。三婆被那些折子戏迷着，知道都是叔叔他们易俗社的唱家子，他们在台子上唱，她在台子下记，默默地记下了好几折子。三婆嫁到我们村子，新中国成立前不敢开口唱，新中国成立后唱了出来，让听到的人，都说她唱得还真是有易俗社的味儿。

易俗社是个啥味儿呢？我说不好，因为有了三婆的引导，我是听得出来的。我能用许多话来形容，但我觉得“纯粹”两个字是最贴切的。这两个字，就出自三婆的口。她评价她能看到秦腔，只说不纯粹，而评价易俗社，很干脆地说：“纯粹，太纯粹了。”

为了易俗社的纯粹，三婆是我们村最先安装了广播匣子的人，更是我们村子最先添置了收音机的人……二十世纪六十年代初，缺吃少喝的三婆，放心不下易俗社，在心里念叨着他们，总是操心他们饿肚子，吃不上肉。自己就养了一头猪，把她用碎脚翻沟爬坡剜回来的野菜，要给养着的猪分一半，把个一尺长的猪秧子，喂得大了，肥了。到快过年时，家里人以为杀了能够油一油自己的嘴，但却没有。三婆明确地告诉家里人，并让她的大儿子吆着猪到西安去，送给易俗社的唱家子。

三婆说了：“宁饿一年，不饿一天。”

三婆说的这一天，就是大过年。她想要易俗社的唱家子，大过年的，能有一头猪油油嘴，油油喉咙。

也不知易俗社的唱家子在那个困难的年关，吃到了三婆的猪肉没有，总之，这个故事一直流传在我们村子里。

三婆过了八十岁去世。她咽气的日子，看着魂走了，魄走了，可不知是啥原因，走了的魂，走了的魄，转回头又附在了三婆的身上。医生说了，三婆没有病，她是老了，心老了，肺老了，肠肠肚肚都老了，老了的器官，最后只有一个感觉，那就是疼，抽筋剔骨一般地疼呢！为了老了的三婆不受最后的疼，她的亲人和村里人，下到县城的城隍庙里给城隍爷烧了纸，祭了酒，期望城隍爷把三婆收了去，不要再受疼罪。可是三婆愣是走不了……魂魄回到三婆的身上，她说不出话，也抬不起手，眯缝着眼睛去瞅收音机。她这一瞅，让围着她的人恍然大悟，把收音机打开来，刚好有一段秦腔，而又刚好是易俗社的《三滴血》，纯粹地易俗社地播放着。三婆的脸上挂着喜色，她的眼睛闭上了，鼻子和嘴巴，也都慢慢地没了呼吸。

我的感受着纯粹的易俗社的三婆啊！她听着易俗社的《三滴血》，安详地去了另一个世界。那个世界里，还有纯粹的易俗社吗？我不知道，但我知道因为三婆，我们村子的人，无一例外，都是纯粹的易俗社的秦腔迷。譬如我，我深深地为易俗社而着迷，我着迷的理由，和我的三婆一样，就还是那两个字：纯粹。

我不怕露丑，为了享受那种纯粹，我还吃了一点儿苦头。《三滴血》后来拍成了电影，是易俗社的唱家子拍摄的呢。电影放映队转到我们村子来放了,是在老庙改成的小学操场放映的。我买不起四分钱一张的电影票,趁着天黑,爬到了学校的围墙上,我看得兴奋,手舞了,足蹈了,手舞足蹈地掀掉了一块土坯,砸下去。砸到人没有,我不知道,只见一道手电筒的亮光照上来,照着我的脸,照了好一会儿,把我照着手不舞足不蹈了,乖乖地骑在墙头,幸福地看了《三滴血》。来日早晨,我学唱着《三滴血》里的戏词,咿咿呀呀地进了学校门,只听校长一声断喝,让我甭瞎唱,站到操场边去。

在学校,我的学习很不错,人也比较听话。校长的批评可以做证。他说,你将来会不会犯别的错误我不知道,但是骄傲的错误,你会一犯再犯的。校长的这句批评,就是这次他喝令我站在操场边上,站了一个上午,缺习了一节语文课、一节算术课后,他放我回家吃中午饭时说给我的。他这么批评了我以后,还补充说,以后看电影,可不敢再爬墙头了,那多危险啊!

校长这一说,我发现他的脸上有几道擦痕,深的那一道,还破了皮流了血!

我把我骄傲的头低下来了。我记下了校长的批评,同时有股热乎乎的暖流,从我的心里滋生着,我在想,把校长砸了一土坯的错，就这么轻描淡写地过去了？我不能相信，但可不得不信，这一次的弄险却不为险，我是要归功给易俗社了。

校长可也是个迷着易俗社的人哩！那次险情以后，有许多次，我都听到校长在唱《三滴血》里的折子。

2012 年 2 月 12 日　西安曲江

风语

风是会说话的。

风会说话人应该知道，如不然，人在创造语言时，不会创造一个“风言风语”的词儿出来。而且是，人在创造字的时候，凡与风有所牵连的字眼儿，差不多都带着一张嘴，譬如吹风的吹字，和风的和字，以及暖风的暖字……好家伙，一张嘴说不清楚，到了暖字，叠加起来，竟伸出两张嘴来。不过，风是无形的，它不开心时，还会带着一把刀出来，譬如刮风，这就不好说了，甚至还非常要命！

风刮起来的时候，天为之变色，地为之发抖。其暴虐的模样，三言两语是说不清的，所以我只有按下不说。

但我回避不了风，回避不了风的诉说。正如我那日走在故乡的路上所经历的一样，起初风和日丽，天清气朗，让我十分享受，感觉自己衣袂飘飘，很有点儿仙风道骨的样子。风使我胡思乱想，忽然就想起电影《阿甘正传》，有一片羽毛，在影片中毫没来由地飘去又飘来，荡走又荡回……导演的这一手太妙了，他怕影片中的人说话多了，就让一片羽毛借着风的力量，不言不语，传说影片里的主人公阿甘，让我们观影者都看了个明白。飘荡的羽毛是多么美好啊！阿甘的生活也该如此，优美着，并柔软从容着。

用画面表达生活的电视剧，不甚懂得风的能力，所以很少看到那种经典的阐释。而电影，因为对艺术的挚爱，就很知觉风的智慧，不言不语，是最会揭示人的心声和感情了。《风之谷》是宫崎骏十分自得的一部电影，风在影片中，超越了所有有血有肉的人物，成了影片无可争议的主人翁。俄罗斯一部描写战争的影片也是如此，导演运用象征性的手法来叙述战争，开篇即是一场呼啸而来的大风，以及在风中飘零的落叶，给人的视觉一个猛烈的冲击，非常好地衬托了战争的残酷与生命的无奈。就在昨晚，我在电脑上翻出一部名字直呼为《风》的影片，没头没脑地看下来，就很佩服影片导演，是一个风的知音。他用电影的手法，实录了各种各样的风，以及各种各样的风语，让我看得心里直呼过瘾。

拍了《风》的导演，是个美国人吧。我不懂英语，想来他可能也不懂汉语。两个无法谋面，而且语言不通的人，因为风，让一个隔着太平洋的中国观众，对他那个高鼻子蓝眼睛的异国人，佩服得无话可说。我幻想影片中的那一缕风，能把我的心声带到太平洋彼岸，让他知道，他是多么优秀。不过，我还有遗憾，首先遗憾我翻译不出导演的名字，还遗憾导演的镜头，捕捉不尽天下风。

正如我在故乡所感受的。

我看见麦子在改变颜色。麦子没说它是怎样改变颜色的，但我看到了风，一浪一浪地推着麦子，使八百里秦川，在处暑的季节里，显得动荡而纷乱。这怪不得麦子，从冰雪覆盖的冬季走来的麦子，享受着温煦的春风，自觉还没过几天好日子，所以麦子不甘心色变。但麦子没有办法，总有风在耳语，催逼着麦子，摇摇晃晃，心神不宁，麦子就只能变色了。风在这个时候，仿佛一个杰出的美术师。它动员麦子变着色，从原来的绿，慢慢地变黄。原来的绿不是统一的绿，变黄后也不是统一的黄，总是有深有浅，深浅相衬。我的故乡，还有八百里秦川，是一幅一天一变色的大画，辽阔壮观，幽远缤纷。

麦子抵不住风的耳语鼓励，彻底地黄了。这就有成群结队的农人，跟风而来，手刃着麦子，把油画般美丽的麦田割得七零八落。满头满脸汗水的农人，辛苦着并快乐着，他们以一种面朝黄土背朝天的姿态，持久地辛劳，持久地快乐。他们是会腰酸的，腰酸得不能忍受，就站起来，挺拔着身条，摘下头上的草帽，给自己扇着风。

是啊，麦子熟透了的时候，风最好不要发言，静悄悄歇上几日，让农人把麦子割倒，搬运到大场上来。那时候，没风可不行，没风就分不出麦粒和麦糠。

风不要别人提醒，风善解人意，让碾打着麦子的农人，要风得风，惬意欢快地顺风扬场了。碾打下来的麦堆堆积如山，有经验的农人，手拿木锨，先在麦堆上试一锨风，找准了风向，这就一锨一锨地扬起来。混合着麦糠的麦子，有节奏地被抛撒在空中，麦糠随风飘走，留下沉甸甸的麦粒，仿佛镀了金的散碎珍珠，落下来，蹦蹦跳跳，一层叠着一层，层层叠叠。不大一会儿，就会有一堆纯净的麦粒，像模像样地隆起在麦场上。

这就是风的语言了。风在有的时候，言语即是艺术，在有的时候，言语即是果实，譬如在风里脱离了麦糠的麦粒。

2013 年 5 月 3 日　西安曲江

把种留住

爷爷大？孙子大？真的是个问题呢。

好像不能只从一个简单的称呼来确定，那是好办的，自然爷爷要比孙子大。但是传统的准则是“不孝有三，无后为大”，我们的老祖宗，一辈一辈，把育儿养孙毫无争议地视为人生的头一件大事。为了保证这件大事的有效落实，还创造性地制定出一些仪式来。譬如我生活的关中西府，有办法的人家，在给长子长孙娶妻时，讲究一个“大婆小妾”的格局。何谓“大婆”？就是在长子长孙过了十三岁的成人礼后，就先给他们张罗一房婆娘。即大老婆，年龄比娶了她们的丈夫，自然要大几岁。十七八岁，成熟得花儿一样，和她们的小丈夫滚在一盘炕上，趁早生得出一男半女，还则罢了，如不能，就要赶在小丈夫十七八岁的时候，张罗着再给他娶一房小媳妇……所以如此，追求的不是新鲜，也不是厌旧，根本的根本，就是要为家门，早早地育出一棵根苗儿来。

这么说，大家应该知道，有时候爷爷比起孙子，倒是孙子比爷爷大了。

有一本小账搁在那里，掐指算算，可以算得更清楚……同是一村人，有办法的人家给他们的子孙十三岁时成婚，十四岁得子，反反复复。比之平常人家十八九岁二十岁才给子孙成亲，如此下来可以想见，造成的结果，便是平常人家长了辈分，在称呼上成了有办法人家的爷爷，有办法人家的后代，反而成为平常人家的孙子。这样的爷爷能比孙子大吗？这样的孙子能比爷爷小吗？

我们关中西府的乡间，孙子大爷爷小的事情多了去了。因此就还智慧地兴出一个礼法来，三代过后没大小，孙子可以与爷爷兄弟相称，爷爷也乐于与孙子兄弟相称。

这很有趣吧？

没心没肺地笑一笑是可以的，但其深层的意味，倒是让人要肃然起敬呢！这是因为，把种留下，在任何时候，都是我们民族不能忽视的一个大问题。

好像是，我们中国人都深谙此一问题的重要，生儿育女的热情就特别高。弄得我们的政府，竟然不得不整出个计划生育的国策来,对此热情给予必要的限制。应该说,此项国策贯彻得不错,落实得也不错,我们不怕把我们的人种留不下来。可是,生活在这片热土上的其他动物呢?它们可是也能如生活在这片热土上的中国人一样,把自己的种留下来吗!

事情似乎不甚乐观。特别是与我们生活得最为亲近的猪呀羊呀,鸡呀鸭呀,等等等等,大有断子绝孙、灭祖失宗的危险。为此,我们必须保持高度的警惕。

朋友是位养殖专业户,闲暇时候,也玩一玩文字,和我的交情很是说得过去。他从陕北每次来西安,随车总要给我捎些包装上印刷着“虫子鸡蛋”或“柴鸡蛋”的特殊食材。我相信朋友捎给我的虫子鸡蛋是吃着虫子的鸡生下来的,也相信柴鸡蛋是他养的柴鸡生出来的。但朋友却直言不讳地告诉我,哪儿有那么多虫子给鸡吃呀?哪儿还有咱们土生土长的柴鸡呀?朋友说得有点儿激愤,说着就说出了这样一句实话。

朋友说:“中国鸡没有自己的祖宗了!”

朋友的话说得我目瞪口呆,心惊肉跳。他进而还告诉我,就是中国猪、中国鸭、中国鹅、中国……朋友一路数说下来,说了一大堆中国生物,都没有了自己的祖宗,或是即将失去自己的祖宗。朋友这么给我说，因为所涉物种广泛了些，我便觉得有点儿危言耸听，待自己的心跳恢复了正常，我很有些不以为然地问了他一句。

我指着他捎给我的鸡蛋，说："那你捎给我的鸡蛋呢？"

朋友苦笑了一下，说他能有什么办法呢？大势所趋，所谓"虫子鸡蛋""柴鸡蛋"，都只是他打市场的一种幌子。不过，他说他租了一面山，把一部分鸡散养在山坡上，雇了人，拿了竹条子，赶着鸡在山坡上觅食，虫子是能吃到一些的，运动量也赶得上来。尽管如此，鸡儿也绝对不是咱中国种，都是引进来的他国鸡。

朋友的话让我如鲠在喉，长久不能释怀。忽一日，偶遇一位农业产业化领域的专家，我向他求证朋友的说法，他给我说的比我的朋友更坚决。他说是的，你的朋友说得没错，我国种鸡百分之一百都源自于外国。他说着轻轻笑了一下，让我很是乐观地听他说了下面一段话。他说我们国内并非缺少优良种鸡，只是缺少系统科学的繁殖，没有形成很好的族谱。

把种留住，我说的可绝不是一个鸡种的问题。

2013 年 4 月 15 日　西安曲江

埋单

头一次听说“埋单”，我听岔了，以为是“买单”。

“埋”与“买”两个字，发音差不多，其意却差之千里。一个使的是暗招，一个来的是明手。譬如我们聚餐，到要结账走人时，询问服务员，服务员小声地说，有人“埋”了。这就是说，早有聚餐者中人，抽空儿暗自结了账。而服务员那小声地一说，拿来账单，搜寻聚餐者的眼神，看谁是最终结账的那个人，那人接过账单，掏钱付账，就是明着买了。一“明”一“暗”的“买”与“埋”，还真是让人要费心揣摩呢！

那么“埋单”的人会是谁呢？

以我自己的体验来看，自然是地位比较低，名气比较小，收入比较少的那一些人。一般情况下，我可是没少干这样的活儿。

所以，我们还不能简单地责怪人情，责怪时风。翻阅老子的著作,想不到被我们尊为亚圣的他,早就对此有所论说:“人之道,损不足以奉有余。”怎么理解亚圣的话呢？我的嘴拙,怕说不好,就把我摘录的一位西方哲人的话,照录出来,对我们理解亚圣的话,会有一些帮助。这位哲人说:“谁若有,他还会被给予。谁若没有,那他已有的也会被剥夺。”天哪!这可是太可怕,太不公道了呢!我打心里是要抵触这些话的,我希望有的人少有一点儿,没有的人能多得一点儿。可是,冰冷无情的现实,派给我们的答案,确凿无疑,都是亚圣和西方哲人说的那样。

沮丧。我所能表达的感受,唯有如此。早起乱翻报纸,有一则短评,说的也是这样的话,“富人吃饭,穷人埋单”。穷人所以埋单,短评说了,穷人这么做会有尊严,反之则会被富人瞧不起!这是个理由吗?我以为非常狗屁,但咱是穷人,咱在心里骂着狗屁,脸上笑着,点头哈腰,低眉顺眼,屁颠屁颠埋单的一定是咱。

因为“埋单”,是维护人的“尊严”的最好方法。咱钱不多,请大家聚餐花的钱少,咱悄悄地“埋”掉,不是很好吗!而咱给富有的人“埋单”,富有的人呢,剔着牙,从咱请客的地方,到了别的地方,说不定他也是要“埋单”的呢!

人上有人,天外有天。就如流行陕西的秦腔吼唱的几句戏词一样："你大舅你二舅，都是你舅。高桌子低板凳，都是木头。金疙瘩银疙瘩，还嫌不够。天在上地在下，你娃甭狂。"人富有了，又能如何？钱是大不过权的，富有的人，给拿权的人埋单，是怎样一个埋法？咱没见过，也没经过，不晓得是个什么样子，但我可以想象，与穷人埋单，富人吃饭时的样子差不了多少吧？

"埋单"不简单，还真是需要认真研究，认真对待的呢。

忽一日，我旅居英国的一位同学回国，先北京，再上海，第三站到了我生活的西安。我们同学相见，吃一顿、喝一顿，是再自然不过了。

作为地主，我挺身而出，选了一家最具陕菜特色的酒楼，开车接了同学，与我叫来作陪的一帮朋友，在那家酒楼的一个雅间里，大吃大喝了起来。吃喝着，又还不住嘴地叙着旧，并议论着天南海北的同学，让我们吃多了些，也喝多了些。酒足饭饱，我离席埋单，不承想，我的旅英同学，在我前头，不知啥时，早已埋了去。这教我的心复杂了起来，有那么点儿不快，却又有那么点儿愉快。其时，我不知我为什么不快？又为什么愉快？把我埋单的钱拍给远离包间的服务员，逼人家退回旅英同学埋单的钱，拿回到这包间来，塞进了同学的口袋。

瞧不起人吗！我的旅英同学像被塞进他口袋里的钱烧着了，重新掏出来对我吼了一嗓子，接着还说，你以为我们出国的人容易吧？给你实说哩，我们不容易，很不容易！挣两个钱，不就是为了花吗？而且呢，经济危机，我们挣钱多难啊！

我按住旅英同学的肩头，耐心地听他说完，附耳给他说了，这是西安，我尽地主之谊错了？

旅英同学没再说话，他收回了他埋单的钱。不过，第二日傍晚，他坚持回请了我一餐。这一餐，我们没有埋单，明明白白地买了单。

"埋单"还是"买单"，不好说怎么是好，关键就在于什么人之间。

2013 年 9 月 3 日　西安曲江

摇摆

“初一到十五，十五的月儿高，那春风摇呀么摇动了杨柳梢……”陕北民歌《绣荷包》是这么来唱“摇”字的；“对坝坝的那个圪梁梁上站了一个谁？那就是咱要命的二妹妹。二妹妹我在圪梁梁，哥哥你在那个沟，看见了那个妹子哥哥你就摆一摆手……”陕北民歌《圪梁梁》又是这么来唱“摆”字的。

柳摇风急，花摆溢香。摇摆或是在民歌里，或是在自然界里，都是一道耐人寻味的风景。

陕北民歌里的那一“摇”一“摆”，真是用得妙，正经的诗人，大概都用不了呢。而在民间，满头庄稼花儿的平头百姓，在荒天野地里那么信口一唱，就恰如其时，再好不过地唱了出来，让人不能不跟着唱，而且还要击掌称绝的。又妙又绝，把美好的乡村生活，以及女孩儿的轻盈灵动，很有分寸地表现了出来。

这是对的。别说是女孩儿，任何一个人，在日常生活里，会如一根铁棍儿杵着，不摇不摆？硬生生？傻呆呆？那个样子，别人怎么看还是小事，自己都要觉得别扭难受呢，怀疑自己有病，痴傻二愣子。

所以说，摇摆是人最基本的生活姿态。便是花草树木，鸟儿虫鱼，也是一样，要有摇摆才会好看，才会引人。就说我们不讲道理喜爱的大熊猫，它永远的黑白两色是一个原因，而最根本的，应该还是它行动时的摇摆了，非常笨非常拙的摇摆呢，堪与那种轻盈的，如风拂柳般的摇摆相比美。

不过，我在此文中不想太多讨论动物的摇摆，也不想太多讨论植物的摇摆。我想说的是，我们人的摇摆。

昨日与朋友小聚，大家酒喝得不多，话却说得不少，而最有趣的一句话，是说："现在的人，似乎都不会摇摆了。"此话怎么说呢？挑起话题的朋友，感到大家的困惑，他苦苦地笑了一下，很有些慷慨陈词的样子，进一步说："我参加过一些会议，开始大家都不说话，装得很慎重的样子，小心地等着会议上有决策权的人先说。那人说话了，说得对不对？管用不管用？是没人反驳他的，皆似小鸡啄米一般点头如仪。"提起话题的朋友往深里这么一说，大家就都明白了过来,而且紧靠他的话题,还七嘴八舌地说了另外一些现象。大家说,别说你参加那些会议,便是那些学术讨论会、艺术讨论会、问题分析会等,都是一个样子,权威人士说话了,会议的调子就定了下来,就没人摆手表达不同意见,全都皆大欢喜,拍手称是……唉,点头拍手,拍手点头,长此以往,会有个好吗?

这风气那风气的,因为不健康,已经引起了党和国家的重视,并且下了决心,予以改正之。那么这种只会点头拍手,而不会摇头摆手的风气呢,似也有改正的必要。

带着这个问题,夜里回家,一路想了很多。我想人所以一味地只会点头拍手,而不知摇头摆手,并不是大家没有不同意见,而是担心自己话多,惹人嫌弃,而伤了大家的和气,又还要伤自己的面子,顺着决策者、权威者的意志走,谁能说是自己的错。

要命的跟风啊!轻便倒是轻便,省心倒是省心,但这是对社会和自己负责任吗?

早前与一位运动学家聊天,他说人的步子要迈得稳健轻快,就得让自己的身子摇晃起来,用以促使自己的胳臂摆动起来,唯如此,人才可以走得轻捷快速。美国和荷兰的三位生物学家,对人走路时的动作,进行了精细的测试。出人意料的是，参加测试的志愿者，双臂环抱或垂直在身体两侧的人，在相同的时间段，比两臂自然摆动的人，消耗的体能反而更大，而且不是一般的大，是大了近一倍呢！

人在行走时的身体摇动和双臂摆动，可以缓冲运动中的起伏动作，所以也就减少了肌肉的付出。而双臂环抱，或垂直在身体两侧，让人的动作一下子变得僵硬，不自然，不协调，所以肌肉付出的能量就大。

多么简单的道理，可在我们的社会生活中，却硬是违反自然规律，逆着人的自然能量而进行，这可不是多费一点儿肌肉的能量那么简单。

我听乡村的老人说过，一棵树，被风摇着摆着，才长得快长得好。我无话可说，只愿大家像风里的一棵树，在该摇摆的时候，自然地摇摆起来吧。

2013 年 9 月 30 日　西安曲江

会爱

还在西安报社工作时，有家规模不小的监狱，开展一项名曰“开放日”的活动。作为特邀嘉宾，我出席了那次活动，并近距离地接触了关押在那里的一些罪犯。与他们座谈，谈得深了点儿，知道了他们所犯之事。虽各不相同，但却都殊途同归，无非一个很要命的词儿：爱好。

这突然的一个觉悟，把我吓了一跳。

原来，劳心费力、花钱耗材所建的高墙壁垒的监狱，除了关押那些有罪的犯人之外，还在关押人的“爱好”。这太有趣了，“罪”与“爱好”，竟然贴得这么近，许多罪人因为爱好，爱得不当，爱到过火，这便自然地有“罪”，而被关进监狱里自省。

可不是嘛！生活中的人，谁没有点儿爱好呢？爱钱、爱权、爱美人……好赌、好色、好美器……人的爱好真是太多太多了,我不好意思,也没那个耐心,把被人所爱好的事物记述一遍,担心记得多了,产生教唆之嫌,而去害人,这就糟了。所以少说一点儿,只简明扼要列举上述几例,就已十分让人操心了呢!

座谈中的几个罪犯,在向嘉宾汇报时,有的说自己太爱钱,或贪或贿,不是自己的钱,也要往自己腰包里装,结果……有的说自己太好色,或哄或霸,不是自己的女人,也要抱进自己怀里来,结果……有的说自己太爱权,权大权小,不是自己的权,也要放大了越权使用,结果……不言而喻,所有的结果是他们被送进了监狱,牢牢地关起来不让他们爱好。

这个奇妙的顿悟,藏匿在我的心里,一直说不出来。直到今年的中秋前夜,我担责的中国书画院陕西分院,在院址所在的乐游原上,举办首届“乐游原中秋雅集”,与马永庆诸友阔谈之际,为马永庆一句话所引发,我把我的那次顿悟说了出来。

我说了:“爱好害人哩！ 人要会爱。”

我所以此时此刻说出来, 是因为我和马永庆交往很久,发现他可就是会爱的一个人哩!

马永庆说了:“别人爱美人,我也爱美人。别人好美酒,我也好美酒……”他这么坦开胸怀说自己，我们聚在一起的朋友，陈维礼、武强，还有张慧波和武强的爱妻、爱女，都给他鼓了掌。

不瞒大家说，在座的鼓掌最热烈的张慧波，她就是马永庆深爱着的美女哩。出身音乐世家的张慧波，更年轻的时候，长得怎么样？我无缘得见，但现在的她，大概不能说她年轻了，从不年轻的她看她，就可以知道，年轻时的她，一定是个漂亮妹儿哩。她的眼睛很大，她的肤色很白，她的辫子很长……这是现在的她，见人不笑不说话，一笑两酒窝，仿佛玉做的人儿一般。

马永庆爱上她了，爱得很深很痴。

从马永庆所爱的张慧波来看，她是怎么体会和领悟的，她没说，我不好瞎猜，但从她夫唱妇随的样子，还有她每次张望马永庆的眼神来说，马永庆爱对了，他会爱，爱了他该爱的人！

感慨像一粒粒亮黑的珍珠一样，翻腾在我的思绪中，我要在此说出来了。天下女人，年轻时长得也许漂亮动人，但长着长着，就十分掉色，到老就很难看，对不起别人，也对不起自己，仿佛童话里的狼外婆一般。我不敢说这是一个普遍现象，但大体差不了多少。在这个普遍现象中，另有一些女子,年轻时漂亮动人,年龄大更是漂亮,直至七老八十,依然漂亮大方。是何道理呢?我不知道,熟悉张慧波的人,去问她好了。她离七老八十虽然还远,但她已经用她成长的历程,给了我的这一感慨最有说服力的证明。

温润、温馨、温暖的女人啊!岁月不会让你失色的!

与此形成鲜明对照的,是那些自以为是的厉害女人,她们或像冰块一样冷,或如刀子一样尖,或似糨糊一样黏……告诉你们吧,这可能对不起别人,而最终对不起的是自己,起码对不起自己的容颜,让自己失颜掉色,老成一个丑八怪。

我说马永庆会爱,他爱了一个他该爱的美人。“美酒加咖啡”,马永庆不好咖啡,但他好酒。

美女加美酒。要我说,这还不能涵盖马永庆的全部生活,但绝对可说占去了他的大部分时间,特别是他的感情世界。譬如我,与他结为朋友,可就是美酒做的媒呢。

也许我是瞎说胡说,但我给自己好酒找了个理由。我说了,人类最伟大的发明有二,即烟和酒。我们追求的理想人生,是要诗意的,何种物品,能帮助我们实现诗意的人生呢?无它,只有烟,或者是酒。除此之外,所有的科学发明,不是为了速度,就是为了杀人,这能与烟和酒相媲美吗?

显然不能，而且还应引起我们人类极大的警惕和预防。

好酒的我们,就这么聚首在一起了。

自知我与陈维礼、武强们,只是马永庆酒知己的一部分,他还有其他人的。马永庆好酒,不像我们,都只是喝,往醉了喝。他则不然,喝着酒,有时也小醉一场,醉不伤身,于是就还把爱酒,变成了一种收藏。

马永庆藏酒,不是酒厂的那种藏法,因为他没有那个条件。他是一瓶一瓶来藏的,藏了多半辈子,他的头发稀疏了,而且花白了,因此也就藏出了一种规模,一种境界。在家里,夜夜可以闻着酒香入眠,晨晨可以闻着酒香起床,时时刻刻被酒香所包裹,永永远远被酒香所浸润。

会爱,爱对了,就是这么享福!

2013 年 9 月 18 日　西安曲江

枕边的羊儿

书在我身边堆成了墙，高而哉之，危而乎之，不几日就会被关心着我的妻子整理一番。她的理由很充分，怕书墙在我睡眠的时候倒下来，砸了我咋办？我承认妻子的关心是一种爱。她这一爱，会爱得我抓瞎，把我睡前正在读、准备读、乱抓乱读的书，整理得让我没了头绪。我为此告诉她："管我吃管我穿管我什么都成，就是不要管我的枕边边。"我的警告没有惹恼妻子，反而把她惹乐了。

妻子的辩驳是这样的："你的吃你的喝你的什么我倒是可以不管，但你的枕边我是一定要管的。"

我无奈，说："为什么？"

妻子说："你的枕边是我的，而且受国家法律保护，所以我必须管，不仅要管，还要管得很细很严，不失手，不让人。"

我无语，低头认输，任凭妻子来管了。

到了乙未羊年的春节，我的枕边因为一只绒毛羊儿，情况为之大变。我自觉把墙一般的书挑来减去，搬离了一些，给我那只邮购回来的羊儿腾出一块地方，日日夜夜，盘踞在我的枕边，陪着我斜靠在床头上读书，伴着我横躺在床板上睡眠。

这只绒毛羊儿，小小的，浑身都如太阳般又红又亮，便是弯弯的一对犄角，又如月亮般橙黄明亮，还有小小的嘴巴和小小的四蹄，以及亮汪汪的眼睛，黑黑白白，端的是太可爱太喜人了。绒毛羊儿初到我的枕边，就使我夜里睡了个好觉，接下来的几个晚上，我都睡得极为踏实。不过，我做梦了，梦见了我在美国斯坦福大学读书的女儿吴辰旸。

女儿吴辰旸属羊，今年是她的本命年。她离我太远了，隔着一个大得无边的太平洋。她自己努力学习，我和她妈也督促她努力学习，她努力学习的结果，把她变成了我最深刻的思念。我思念我的女儿，我没办法，就在生肖为羊的这一年，在网上偶然看见了这只绒毛羊，就很干脆地邮购了回来。

我在多种颜色的绒毛羊里，所以选择了这只红色的，说白与我女儿的姓名有关。我姓吴她姓吴，她的母亲姓陈；

她出生在辰时,谐音为陈;而这时候,恰又是太阳初升的时刻,所以又取了那个汉字孕育阳光的旸字。女儿在我的心里,就是这么温暖,就是这么光亮,就是这么太阳。红色的绒毛羊,饱含着太阳的光色,我唯有爱,无条件地爱,无原则地爱,无时无刻地爱了!

正月初十的清晨,太阳般的羊儿伴我从沉睡中醒来。吃了妻子给我热的早饭,坐在沙发上品茶,妻子与女儿在微信上视频了起来,我夺过手机,和女儿没老没小地瞎侃了一阵,侃着妻子又把手机夺了去。她俩好一场长聊,聊的似乎是关于女儿未来婚嫁的事情,母女俩聊着聊着起了冲突,妻子嚷嚷了几声,就把视频掐断了。到了下午,我又从太阳般伴我午睡的梦里醒来,我告诉妻子,说我梦见女儿了。妻子没说话,一脸的坏笑,把她正玩儿着的手机,塞到我的眼皮下,我看到一条女儿回给她妈妈的微信。

女儿的微信是这样的,分九段以表情和语言为形式,总结了她和她妈相处的点点滴滴,既有趣,又有情,还有爱。母女之爱,我看着,如她妈一般,也坏坏地乐了起来。

1.在我没回家时,我妈是“亲亲”;

2.快要回家时,我妈是“嘻嘻”;

3.在我到家那天,我妈是“哈哈”;
4.刚开始的两天,我妈是“呵呵”;
5.紧接着几天,我妈是“哼哼”;
6.又过了几天,我妈是“怒怒”;
7.接下来的日子,我妈是“骂骂”;
8.等我要走时,我妈是“慌慌”;
9.等我走了以后,我妈是“乱乱”。

一段总结性的话后面，是女儿设计的一幅母亲表情图,非常传神。最后还写了几句小跋,以网友心声的名义说:“这就是我们的妈妈,情绪多变却又一直疼爱着女儿！”

我在妻子的面前,挥舞着拳头说我女儿太有才了！我服气我女儿。此言一出,妻子白了我一眼,说我就是个女儿的跟屁虫,什么事都偏袒着女儿。我得承认,女儿长在我们身边的时候,我的确不讲道理,没有原则地偏着我的女儿,欣赏她,钦佩她,是她最铁的团伙,是她最钢的粉丝。

去年秋天的时候，女儿从美国回国了二十来天时间，我们家一匹马(我),一只兔子(妻子),一只羊(女儿),三个食草动物,在家吃饺子。简简单单,只有萝卜和葱花,萝卜做馅,包在饺子里,葱花炒出来,盖在饺子上,这是我们一家三宝最爱吃的一种饭食。我们香香地吃着,乱乱地扯着,不知怎么就扯到妻子在女儿小的时候如何打女儿的事上了。我给女儿说:“你妈的手太快了,小时候可没少打你的小屁股。不像爸爸,我是护着你的,而且从没给你动过手,就连伸出指头在你额头上戳一下都没有。”

我得了便宜卖乖的话,却没获得女儿的赞同。她把嚼在嘴里的一个饺子咽进肚子, 偏着脑袋把我看了好一阵。我不知道女儿会怎么说,还很自豪很得意地问女儿。

我问:“羊儿,你说呢? ”

女儿说了:“爸爸,咱家对门的叔叔你们都熟,好像是,对门的叔叔也没打过我,也没戳我一手指头。”

悲惨吧我? 从一个爸爸突变成了一个叔叔,我拳起巴掌,在女儿吴辰旸偏着的笑脸上,轻轻地捶了一拳,我要用我的拳头,找回我做爸爸的资格。

省委东小区家属院五号楼二层二号, 是女儿成长的家,我们在女儿考上大学后,搬家到团购的曲江新区翠竹园,有些旧物还保存在旧家里。春节前,我和妻子去旧家收拾东西,妻子从衣柜的背后,翻出了女儿五岁时画的一幅画,让我看,我好一阵唏嘘,好一阵感慨。

女儿天生会画画,她上小学一年级时,中华宋庆龄基金会、中国文联、中国美术家协会,联合举办了一届中华少年绘画大赛。我女儿从学校接到通知,中午回家吃饭,向我要了一张纸,拿着小彩笔,唰唰一个圈,唰唰几条粗线,唰唰又一只洒水壶,唰唰再几笔细线。画成后,歪歪斜斜地写了几个字:“我给地球洗个澡”。她把她的创作带到学校去,从区一级开始推荐,再到市再到省,最后参加全国总评,居然让她拿回家一个金奖。奖牌和奖状,作为女儿的纪念品,我们至今很好地保存着。这是女儿的荣誉,我在西安的媒体工作,好多次我发现,一些地方宣传环保时,都还不忘使用我女儿的这幅画。

可惜女儿没有坚持画画,《我给地球洗个澡》是唯一获奖并公开发表的画。接下来就是我和她妈找出来的这一幅了,这是她学前时的画,用笔极简约。她用红色画笔画出了两个人,一个是哭泣的她,背身而立,很无辜很伤心;一个是愤怒的母亲,同样背身而立,很无奈很茫然。母女俩都扎着马尾辫,女儿的马尾辫又顺又滑,母亲的马尾辫弯弯曲曲都是大波浪。女儿的精彩,再一次使我折服,我把这幅画作拿到新家来,调墨捉笔,在画上写下“虎妈传说”的画名后,还写了近百字的题语,详细记录了这幅画作诞生的背景,最后总结:“母亲的爱既单纯又复杂,有时候还真在巴掌下，眼泪里。”

我把题名《虎妈传说》的画，用油画的框子很好地裱起来，拿回家想要放在书房里保存。妻子却抱回卧室，像我把绒毛羊儿安放在我的枕头边一样，她把那幅女儿的画作，也安放在了她的枕边。

2015 年 2 月 28 日　西安曲江

小棉袄

女儿是父亲的小棉袄。我服气这句话，并充分享受到了这句话的实惠。

六年前,亦即2009年高考,女儿吴辰旸顺利考入她想去的同济大学,去读她理想的土木工程。就在她准备好行囊,由我和她母亲陪她往上海赶的日子,她在一天晚上喝汤的时候,向我提出,要我陪她回一趟老家,给她辞世的爷爷奶奶祭坟,点几炷香,烧几张纸告慰几句话。她这一说,让我不禁一愣,吞进嘴里的一口馍,也忘了嚼,两眼看着她,不相信自己耳朵似的摇了摇头。妻子看出了我的吃惊,她和事佬般捅了我一筷子,说她与女儿商量过了,就等我发话,我们三口,明天就回扶风老家去。妻子这一说,我明白了,女儿的举动,在背后导演的,是她的妈妈。

现在的情形是,从农村走进城市的人,逢年过节,祭祖时已经很少有人跑回乡下，赶在祖宗的坟头上点香烧纸，差不多都在自己住家附近的十字路口，呼唤着自己的爹娘，烧一堆纸灰就算了事。习久成俗，我就这样随着大流，祭拜着我的祖宗。因此，清明时节，鬼节和春节时候，偌大的西安城，所有的十字路口，都纸火熊熊，燃烧出一堆一堆又一堆的纸灰。汽车轰轰隆隆地奔驰来了，刮起一阵风，卷动着黑色的纸灰，飞得满天都是。

因为这个原因，猛听女儿提出回老家祭祀祖宗的提议，让我就不能不吃惊了。她妈妈的话，把我从吃惊状抢救了过来，我恢复了吞咽晚饭的能力，一口馍，一口菜，吃得那叫一个香。我香香地吃着，夸我的女儿是乖女儿，夸我的妻子是贤能的妻子。

是夜钻进被窝，我睡了个踏实觉，没做梦没打呼噜，像我香香地吃晚饭一样，甜甜地睡到天明。天明即起，三口人坐在一辆小车里，归心似箭地回到了扶风县中观山脚下的老家，茶没喝，饭没用，直接去了我父亲母亲、妻子的公公婆婆、女儿的爷爷奶奶坟头，点香、烧纸、告陪，行礼如仪，来祭我们的祖宗了。

房檐水不离旧窝窝。老家人形容一户人家的家教多用这样一句话。我们祭祀祖宗的香蜡烧纸，都是妻子的母亲，在我们回来的路上准备好的。妻子的父母，也就是我的岳父母，都是明白人，处人处事那叫一个宽厚，在他们生活的乡里，有口皆碑。我们三口人要给祖宗祭扫，闻讯后他们不仅准备了所有要用的祭品，还用彩纸，为我的老祖宗缝制了几身换季的衣物，有单有棉，有铺有盖，人世间用得着的日常生活所用，都尽善尽美地准备一新，让我们三口之家，在祖宗的坟头前，祭烧了好一阵子。女儿辰旸长在城里，乡下祭烧的一应礼数她应该不懂，可她仿佛领受了天谕，跟着我们，下跪、磕头、作揖，做得像模像样，一丝不苟。我不由得深为喟叹，我的妻子所以至孝至礼，应该是从她父母的身上学来的。自然了，女儿辰旸如她妈一样孝道不减，应该也是从她母亲的身上学来的。

四年的大学本科毕业，女儿吴辰旸申请到了赴美国斯坦福大学读研的机会。她像去上海读本一样，提出要求，我和她母亲陪着她，依例回老家给祖宗上了坟。今年10月初，女儿吴辰旸又要赴英国的帝国理工读博了。像前两次一样，我们记挂着沉睡在老家的祖宗，依旧像前两次一样，电话告知岳父母，替我们准备好一应祭扫物品，回老家祭拜了我们的祖宗。

“阳婆阳婆晒我来，我给阳婆担水饮马来。马不喝，牛不喝,两个媳妇偷着喝……”祭扫祖坟的时候,我的耳畔,都会响起母亲在我小时候教给我的这首儿歌。同样的是,女儿吴辰旸小的时候,也由她的奶奶给她教过这首儿歌。母亲有许多儿歌,但是她们祖孙相处的日子并不长,三年多的工夫,爱着孙女辰旸的奶奶,就离开了她的孙女。这么小的年纪,女儿吴辰旸对她奶奶的记忆不会太多,而她的爷爷辞世更早,女儿吴辰旸干脆什么记忆都没有,可她在自己三次学业大转移时,都不忘回到老家,祭扫祖宗,是今天的孩子所不多见的。

因此我要说,女儿吴辰旸不只是我的小棉袄,同时还是我们吴家祖宗的小棉袄。

小棉袄有大志向,她要去英国读博。就在她动身的早晨,我为此草拟了一副对联为她送行:

辞家去国远洋英伦求新知

焚香烧纸回门寻亲祭老根

我把这副对联写出来后,眼睛湿湿地想要拿给女儿看,但我忍了下来,悄悄地压进我的书橱,当作我的一件藏品,想女儿的时候,拿出来自珍自赏,聊以安慰我想念女儿的心情。

大包小包,有四件之多,她母亲要送女儿到北京转机。我本来也要去的,但我那些日子,没来由地腿软,所以就只把女儿送到了楼下。临出门时,她母亲既是怂恿女儿,又是怂恿我,说:“小棉袄要离家了,你们还不抱一抱!”

小棉袄的女儿莞尔一笑,回头抱了抱我,我也搂了搂她。我安慰女儿,说:“小棉袄不在身边,我还有大棉袄哩。”

我说的大棉袄是我的妻子,当然还有小棉袄女儿和大棉袄妻子给我新买的一身居家棉袄。当时天并不冷,可我还是穿在了身上。

2015 年 10 月 20 日　西安曲江

甭熬咧！睡。

题目是母亲在我二十岁左右的时候给我起的。

那时候我与母亲相依为命在老家的小院里，我们顶梁柱的父亲，去世了几年时间，兄弟五人的大家庭，因此拆分成了五个小家庭。我最小，还没成家，母亲放心不下我，就带着我，分门立户在村口的一个半截院子里。开始的时候，我十五岁不到，走出校门没多少日子，农家生活的方方面面，还都非常懵懂，一切都由小脚的母亲来操持。孤儿寡母，自然过得极为艰苦。记得母亲病了，高烧好几天，村里的赤脚医生，给母亲开了药、开了针，可是不多的几元针药费，却把母亲和我难住了。家里拿不出那点儿钱，我就到村道上来借，借了一条街，只借回了几个鸡蛋，拿到村里的小卖部，换了几枚小钱，只在医疗站取了些药片儿，拿回来给母亲吃。一生受苦的母亲，也是体质好，吃了药片，高烧退了，病也好了。这件事，对我的刺激太大了，我不能保证家庭富裕起来，但我必须在母亲生病的时候，要有给母亲疗疾的钱。

我自学起了木匠活儿。

七十二行，在农村，木匠是门最受尊重的手艺，人称“门里匠人”。一道门，泾渭分明地把匠作之人，分为门里和门外两类。箍瓮钉锅、补席接铧等，很不幸的就都是门外匠人。到了吃饭的时候，主人家给碗饭、给个馍，还要从他们的工钱里扣出来。门里匠人就不同了，像木匠、油漆匠，那是要高接而来，一天五顿饭地伺候着，到活儿做成后，还要远送而去。便是高接而来，远送而去的日子，主人家都得大大方方地割一刀子肉，提一两瓶酒，拿一两条烟，再请几位有头脸的人，陪着把匠人好好地待承一番。我没有别的办法可想，看到了木匠行的这一优势，就全身心地来学了。

所以自学，是因为生产队的那种农村组织，我找不到投师学艺的机会。

无师可投，我倒也学得得心应手。首先从农家要用的木杈、锅盖、板凳等小农具、小家具做起，做得有模有样了，就又做起大点儿的农具和家具。譬如风箱、架子车，譬如箱子、柜子。仔细地揣摩制作窍门和特点，先给自己做，做出名堂了，被人请了去，到了人家门里，给人家做。我不能使自己闲下来，哪怕被人请了去，傍晚回到家里，在瓦数不大的电灯泡下，加班加点地还要继续做。我在家加班加点做的风箱，是我们乡卖得最好的，别的匠人卖十元，我的卖十二元；我做的架子车，也是卖得最好的，别的匠人卖二十元，我的卖二十四元；而且我做的箱箱柜柜，桌椅板凳，也都卖得不错，常常是，还没做成，就已卖了出去。这对我是种莫大的鼓励，我在家里加班加点干得更起劲了，干得熬夜熬到母亲睡在被窝里，睡得一觉醒来，看我还在灯下黑汗黄汗地干。母亲心疼了，她催促我休息。

母亲说："甭熬咧！睡。"

母亲不只催促我一遍，我放不下手里的活儿，母亲还会再一次地催促。嘴上催促不成，母亲会从被窝里爬出来，下到炕脚底，来夺我手里的活儿。这才成了我和母亲每天晚上都要上演的一场现实版生活剧。

我和母亲的现实版生活剧，演出了多少个夜晚？我没有计算过，只记得从我十五岁起，一直持续到二十四岁，我从村里走了出来，很少再做木匠活儿，前后有十年时间。

此后的我，暂时放下了木匠工具，拿起了我所期待并十分热爱的自来水笔，坐进了机关单位的办公室、大学的教学楼、新闻单位的写字间，干起了以文字为生的活儿。这一干，差不多都快四十年了。舞文弄墨，最是熬人了。特别是我五十三岁那一年，从工作的《西安日报》转移到文学创作的岗位上来，我是把毕生的精力都用在了这一追求上，自然又如我年轻时在母亲眼皮子底下，熬夜做木匠活儿一样，又熬夜码起文字来了。

这些日子，雾霾很重的，像是水泥稀浆一般，压迫着西安这座文化古都。气象部门以官方的名义，公开提醒市民，注意防霾，可能的话，一定要减少户外活动。我有这个条件，把自己彻底变成一个“坐”家，大门不出，二门不迈，老老实实地码自己的钢笔字，练自己的毛笔字。即便如此，我的气管和咽喉，还是受到了雾霾的影响，咳嗽多了，痰也多了。前天晚上，我熬夜熬得不断咳嗽，以致不能很好地入睡，是日清晨起来，我的微信“嘟”的一响，顺手打开了，是远在英国读博的女儿发来的。她关切地问候我：“咳嗽了？”

女儿的问候，让我的心里一暖，眼眶也为之一热，以为父女之间，有那么一条神秘的管道，能够千里万里地感受到对方的欢喜或不适。我给女儿回了三个字："还可以。"

女儿对我的关心，我幸福地埋在心里，没有告诉我的妻子。但我接下来的夜晚，熬夜码字熬得更为兴奋，熬过了十点，熬过了十二点，却还不知疲倦地熬着。十点的时候，妻子催促了我一次，她说："甭熬咧！睡。"她催促过后，自己钻进被窝里睡去了，到她一觉醒来，看我还在熬，她就又催促我了，要我："甭熬咧！睡。"可我不听催促，依然熬着，让睡在被窝里的妻子，像我母亲当年不能忍受我熬到深夜，下床来，撵到我跟前，抢夺我的木匠工具一样，来夺我手里码字的钢笔了。

此一时，我不仅从妻子的口里听到了母亲曾经对我的催促，还从妻子的神态上，看出了母亲曾经对我的关切。我被妻子感动着，说她像我老娘一样："甭熬咧！睡。"老娘当年就这么催促过我，现在你又这么催促上了我。妻子不为我的话所动，她说："老娘的话你听了吗？你没听，我现在说你，你还是不听。你说我咋办呀？啊？我只有给你女儿说了。"

妻子说到这里，我想起女儿问候我的话，一下子明白过来。我晚上咳嗽，肯定是妻子微信告诉了女儿，女儿才微信关心我的。我回转头来，看向催促我的妻子，觉得她和我的母亲，在这一刻，血肉相融地成了一个人！我说不出别的话来，把她像我母亲曾经催促我说的话轻轻地重复了一遍。

我说:“甭熬咧！睡。”

2015 年 12 月 16 日　西安市政府常委会议室

第三辑　心跳知道

像孩子一样努力

知道这个世界上谁最努力吗?

如果一时答不出来,就请收回自己的目光,看着书桌前自己的孩子。中国人的孩子,无疑是这个世界上最努力的人。听说了,外国人(主要为西方国家)奉行的是快乐教育,孩子接受教育,学习科学文化知识,首先是建立在快乐的基础上,如果失去了快乐的基础,他们会觉得很失败,甚而会提出抗议。看到不止一篇文章,讲的也都是亲身体会,在西方社会的教室里,孩子是很自由的,可以坐着听老师讲课,也可以站着、走着,甚至是躺着听老师讲课,学生随时可以向老师提出问题,要求老师回答。咱没有那样的经历,不知是真是假。咱能看到的,是在咱们的城市,在咱们的身边,咱们的家长,暑假时,把咱们的孩子送进请了外教的补习班,咱在窗外站着看站着听,就见外教把严肃的课堂几乎变成了游戏室，所有的学习，都是在外教的引导下，与孩子没高没低、嘻嘻哈哈、打打闹闹中进行的。咱看得鼻子不是鼻子、眼不是眼，等孩子从课堂上下来，咱征求孩子的意见，不去外教的班上补习了。孩子很不解地盯着咱，以为咱感冒发烧了，好好地怎么就不在外教的班上补习了呢？

孩子坚定地摇头头："不，就上外教班。"

咱的态度也是坚定的："那叫课堂吗？那是游戏。"

孩子笑了："可我学得很好、很扎实，老师课堂上教的东西，我都学会了，比严肃古板的教育学习的东西更多，理解也更深。"

咱还能说什么呢？只有向孩子妥协了。

此后的成绩也证明，孩子的感知不谬。

哪像我们，倡导的是素质教育，实行的却还是应试教育。为了那一个"考"字，孩子累，老师累，家长也累。有什么办法呢？谁都想有一个好职业，谁都想碗里的饭稠一些，就只有加倍努力地学习了。咱们的老祖宗是这么说的："少壮不努力，老大徒伤悲。"咱们就依着老祖宗的经验，在孩子刚会走路的时候，走在大街上，看见扫大街的，就对孩子说："要好好学习，不然就扫大街去。"看见讨饭的，就对孩子说:“要努力学习,不然讨饭吃去。”咱的小女儿在西安幼儿园的时候,一次,她母亲接了,在凯悦饭店对面等车,小女儿指着豪华亮丽的凯悦饭店问母亲:“什么人住在那里边?”母亲随口回答:“听老师话,学习成绩好的人住在那里。”小女儿若有所悟地哦了一声,对她母亲说:“我明白了,你和我爸住得那么差,原来是没好好学习。”

母亲被女儿说愣了。不过她这次的现场教育,还是深刻地影响了我的女儿,她果然学习很努力,成绩一直很优秀,而且时不时地,还会提起她和母亲面对凯悦饭店的对话。

在中国,孩子必须是努力的。

背着沉重的书包去学校,学上一天,再背着沉重的书包回到家,把饭碗往旁边一推,就开始做作业了。大多要做到晚上十一点以后,才能有个了结。

这时候,咱们家长做什么呢?不是在外边应酬,唱歌、跳舞、打麻将,就是在家里看电视、翻闲书、睡大觉。常常是父母在床上打一阵呼噜,翻一个身,孩子还在一盏昏灯下,咬碎笔杆,绞尽脑汁,为一道可能要“考”的试题,做着痛苦的解析。

这就有了为父亲者我的别一种觉悟,知道咱无法奈

“应试教育”何，便自觉像孩子一样的努力了。我在媒体工作，且还担任着一定的职务，为了应酬，唱歌、跳舞、吃喝、打麻将的事也是常有的，但我因为女儿，便想方设法逃避那些应酬，争取到更多的时间，在家陪着女儿做作业。我家的书房里，有一张大点儿的书桌，有一张小点儿的书桌，大点儿的我用，小点儿的女儿用。过了几年，女儿的课本和作业越来越多，小点儿的书桌不够她用了，我们就换了桌，大点儿的书桌女儿用，小点的书桌我来用。不论书桌大小，我陪在女儿身边，她做她的作业，我翻我的闲书写我的文章。几年下来，女儿考取了一个不错的大学，我回头整理自己的收成，竟也有了几大本的文字积累。我找了一家出版社，把书出版出来，写的就是这样一个后记。

我有我的理由：欲教子，先教己。

2009年10月10日　西安曲江

清晨两小时

过去几个年头,我写了些文章,也出了一些书,便不断地有人问我,你是怎么写出来的?

应该说,这不是个难回答的问题,但我在大家问我时,却不能很好地回答出来。不能很好地回答,是我心里不知道,大家这么问我,是问我的写作时间呢,还是问我写作的经验与体会?如果问的是后者,我的确回答不出来;如果是前者,我想我是该回答人家的,我没必要隐瞒什么。

那么,我该怎么回答呢?是清晨两小时吗?

清晨两小时。对了,就是这个回答。因为这是事实,在我的作息时间表里,很少清早睡懒觉的环节。总是天明六点,就已从床上爬起来,去洗手间净了身子后,又洗手又擦脸,刷牙梳头。把自己弄清爽了,这就坐在写字台前,翻开笔记本,接着写正在写的文章,一个字一个字地续着写下来。

这成了我的习惯,改是改不掉了。

我理解大家在那个询问中的关切色彩,这是因为,大家知道我的职业是做新闻的,是一个在新闻岗位做了许多年的组织者。新闻的命脉,最集中的体现就是时间,今日的新闻放到明日来做,就不是新闻了。因此,新闻从业者都把时间看得比自己的性命重要,而我作为媒体的组织者,又岂能不被时间所逼迫,常常是,如同奔命一样驰骋在新闻的组织和出版的快车道上。轮到值夜班,那就更不得了,吃住都在办公室里,一点儿心都不能分,只怕分心出错,那就不只是对不起自己,而是对不起读者,对不起新闻事业了。

而且,我也是爱着新闻工作的,感觉每一天都是新的,如新闻纸一样新,就看自己怎么书写了。

然而不论我值白班,还是值夜班,清早的两小时是不容牺牲的。我必须抓住这每天少有的清晨两小时,坐在我的书桌前,任由我的笔尖,像一个麦田里的农夫,在挖荠儿菜一样,指指戳戳,寻寻觅觅,把自己的所思所想,谈不上刻苦,也谈不上轻松地刻画在笔记本的纸页上。日积月累,竟然也就有了一个规模化的收成。

在这里我要说明一下,我使用的笔记本,不是现代化的笔记本电脑,而是传统的纸质笔记本。

这么说来，我该是个苦命的、朽木难雕的人。我学习了现代化的笔记本电脑的操作，一些基本的技能和方法，我也能操作得了。但偏偏的，在我进行创作时，就不能在笔记本电脑上写了，便是硬着头皮写下来，回头去看，干巴巴不见一点儿文采，把自己首先读得头皮发麻，恨不得举起不断升级、不断换代的笔记本电脑，摔在脚下，摔粉碎了。而我只要提起笔，翻开传统的纸质笔记本，我的思维立马就像打开了一道门，从那扇门进去，见山是山，见水是水，花花草草，干涩的文字当下变得湿润了，照着我的思和想，紧赶慢赶地记录下来，去读时，颇能安慰自己渐趋苍老和脆弱的心。

在我的书柜里，整整齐齐码着的，已有许多写满了钢笔字的笔记本，五颜六色，煞是壮观，自己看了，不是成就也是成就了呢。

有的时候，因为我的专注，还会把清晨的两小时用过头。每在这时，我亲如兄弟的虎明师傅会给我打个电话，提醒我，让我赶在 8 时 30 分下得楼来，坐上他驾驶的小汽车，平稳安然地到城里的办公室工作。

因此我是有点儿小骄傲的，并对抱怨自己想干事而没时间的人说，要想做件事，其实不需太多的时间，抓住清晨起来的两个小时，就都够了。

在清晨起来后的两个小时里，人的思维是活跃的，精力也是充沛的，做事就一定也是有效率的。

我不嫌脸红，还想揭秘清晨起来的两小时，并不是我多么勤奋用功，多么珍惜时间。说透了，恰恰是因为我的偷懒，和我要把时间混过去的一种技巧。

大家想一想，在家庭生活中，清早起来是有许多活儿做的。点火烧饭是一样活儿，叠被子扫床是一样活儿，还有扫地擦桌子，洗碗擦碟子，都是些琐碎的烦人的活儿。而如果有了孩子，孩子还小，要去学校读书，把孩子摇醒，拉起床，穿衣服，洗脸，梳头发，剥鸡蛋，热牛奶，整理书包，推上自行车送出门，再叮咛几句，又是一串子泼烦和麻眼的活儿。这些活儿，我干不好，也不想干，但又不能看着妻子一个人干，那样就是妻子不说啥，自己也是不好受的。那么，就给自己找个活儿干吧。

我能找个什么活儿呢？扬长避短，我给自己就找了个码字的活儿。

好像是，只要我坐在书桌前码字，妻子便十分开心，悄没声地做着一家的泼烦活儿，琐碎事务。等上一会儿，新冲的一杯茶端到我的书桌上来了；再等一会儿，热了的牛奶端到我的书桌上来了；再再等一会儿，烤过的馍夹着煮鸡蛋又端到我的书桌上来了……让我的心绪会有一阵一阵的抛锚，想象古人说的“红袖添香”这句话，大概就是我在清晨两小时里所能享受到的待遇吧。

这样的好处是显而易见的，我既偷了懒，又把时间混了过去，最后还能获得相应的收成。想一想，还真是件应该小小得意的乐事哩。

有一次，我把盘算在自己心里的小九九，坦白地告诉妻子，原意是想惹她红个脸，发泄一下。却不承想，妻子是一副世事洞明的模样，一点儿都不为我的坦白所惊讶。还说，她早就识破了我的把戏，之所以甘愿被骗，是她喜欢这样的骗，再骗下去她还高兴，只要你不骗自己就好。

如此明察秋毫，我怕是只能汗颜了。

好在我偷懒偷出了一些小说，混时间混出了一些随笔、散文。而我的妻子偏也是个很有灵性的人儿，她的文笔，依我们大学老师的观点来说，是还要胜于我的。现在，我的这些小说、散文和随笔就要出版了，我想，我可以以此作为我对妻子的一个汇报吧。

2007 年 4 月 6 日　西安太阳庙

虚怀

“来上海快三个月了，说没有想家是假的。记得我第一次在同济大学材料馆门前排队时，爸妈就在我身边大约十米。我一直不敢回头看一眼，因为我知道，只要我一回头，我一定会哭出来。站在一大群陌生人中，我的眼泪不知道涌出来多少次，每一次都被我强行憋回去了。我不能让妈妈担心，我要坚强。”这是女儿吴辰旸博客里的文章，她妈陈乃霞发现了，打印了一份，拿回来让我看。只看了几行，是为父亲的我，便热喷喷两眼水雾。

我虚虚浮浮的胸怀，因而一下子填得满满当当的了。

女儿辰旸在身边念书的时候，我的心怀是实在的。看着她从襁褓里睁开眼睛，到蹒跚学步，咿呀学语，直至背着书包上学校，在我的膝下绕来绕去，让我总是欢乐不止，又心痛不已……我心痛着女儿辰旸的嫩肩膀，背着越来越重的书包，熬着越来越深的夜色。我到她读书的师大附中接她，伸手抓住她的书包带，我是想替她背一程的，她却坚决不让，把书包的背带，紧紧地抓在她的嫩手里。她是要熬夜了，我睡不着，伴着她一起熬。原来我用的是张较大的桌子，女儿辰旸用的是张较小的桌子，她的作业越来越多，小桌子放不下，我们父女换了个座位，她坐上较大的桌子，我坐上较小的桌子。这种父女夜里读书作业的情景，一直坚持到她考取了同济大学。

为此，我还写了篇《像女儿一样努力》的小文章，为我的一本书做了跋。我在文章中写道，我所以有几部书稿的产出，全是因为女儿辰旸的影响。

习惯就这么不经意地养成了。女儿辰旸发短信来，说她每晚都是在同济大学的图书馆度过的。我给她回短信说，我是在家里的书房度过的。

这是我要交代的一件事情呢。就在女儿辰旸出门去上海的日子，我的脾气没来由地大了起来，妻子一言不合，我就要高喉咙大嗓门地喊几声。这让向来温婉的妻子吃惊，而我事后也要吃惊的。不过还好，妻子善解人意地认为，我的脾气频发，是因为我舍不得女儿辰旸离开。我承认了妻子的分析，就咬牙忍着，不对妻子吼叫了，但却在女儿辰旸天明就要动身去上海的那天晚上，把女儿辰旸好生吼叫了一顿。

理由拖到今天，我却羞于开口来说。那天夜里，妻子一件件地收拾着女儿辰旸的衣物。我看得心酸，就把家里的电脑打开来，在新浪网上的新闻栏目里，翻看体育新闻。女儿辰旸凑到我的跟前，要给我做老师，教我在电脑前写文章，开博客，建聊天室。我知道女儿辰旸是一片好意，因为她知道，我于电脑是个大大的门外汉，除了能够翻看新闻外，别的功能概莫能知。她想给我来次速成教育，在她头一次出远门的前夜，让我对开博、聊天那样的技能有所了解，到她孤身远方，想要和我在博客上交流时，也有一块自己的阵地。我理解女儿辰旸的苦心，就也自觉地跟她学习起来，可我心里大乱。女儿辰旸的老师当得就很费劲，怨了我一句“咋那笨”的话，我就收不住自己的脾气了，把女儿辰旸大吼大叫了一场。

整理着女儿辰旸衣物的妻子插嘴进来说话了。她说我舍不得孩子出远门，就自己跟上走，跟孩子发哪门子的火?

正是妻子的插话，有了我送女儿辰旸到上海的经历，同时也就有了女儿辰旸写在博客上的那段文字。

我两眼水雾地读着女儿辰旸的博文，真不知道我那时是怎么了?心空。虚怀。我认真地思索着,想得出的理由,就只有这两个词。而我坚定地认为,像我这样的家长,遇到那样一个共同的问题,其实都是一样的。例如我的妻子,她和我把女儿辰旸送到同济大学后,在回程的飞机上,就给我不无伤心地说,她的心空了,怀虚了。

妻子说得有气无力,我偏了头看她,觉得她说了个大实话。想我的女儿辰旸,出生以来,哪一日不是缠在她妈妈的怀里。尤其是在吃奶的时候,小家伙吊在她妈妈的乳头上,那张小小的红嘴唇,干脆是个威力超强的小吸盘,她妈要想摘下她的嘴巴,不把她和她妈挣得满头满脸的汗水,就别想摘下来……渐渐地长着,长得女儿辰旸上了幼儿园,接着上了小学、初中和高中。我就想,女儿辰旸还能缠在她妈妈的怀里吗?她是会从她妈妈的怀里挣脱出来的。可我失望地发现,到女儿辰旸参加了高考,拿到了高考的录取通知书,她们母女似乎比任何时候都腻,一个成了另一个的影子,有时候妻子把女儿辰旸拥到怀里,有时候却是女儿辰旸把妻子拥在怀里。

我为此说过她们母女,说她们在向我示威。

如果我不说,她们母女倒还罢了,而我一说,她们母女就更腻歪得没了边沿。当然,我并不反对她们母女的腻歪,嘴上怨气冲冲地说她们,心里却是高兴看到她们母女腻歪的。突然地把女儿辰旸送到上海,在同济大学的校园里撒手回来,妻子虚怀心空的感觉,我是太理解了。因为我和妻子一样,也是特别的虚怀,心空。

我劝着妻子,说咱们回到西安,先到宠物市场上去,我给你买一条小狗回来抱着,你就不会太虚怀,太心空了。

妻子让我说乐了,含泪嗔怪我,狗是我的女儿吗?

我和妻子斗起了嘴,说你不见咱们小区里的男女,养了狗的,谁不把狗当作自己的儿女养着。

妻子没有否认我的玩笑,她长着眼睛和耳朵,看得见小区养狗的男女,是很亲他们养的宠物的。在院子里遛的时候,那一声一声的呼唤,真是比叫亲生的儿女还亲哩。这是一个非常庞大的队伍。我想不只我居住的小区里是这样,别的城市,别的小区一定与我的城市、我的小区一样,有着那样一个庞大的宠物饲养者队伍。我熟悉我们小区养宠物的一部分人,发现他们一无例外地,都是子女不在身边的人。

心怀真是不能虚的呢。

虚怀的时候,不让人家抱狗抱猫做什么?

是夜,我和妻子坐在电视机前,看到一条新闻:有位鳏居的老人，在他冷寂的屋里死了，但他养的一条小狗，不知他已咽气，还像往常日子一样，静静地卧在他的身边，送报的人来了，把报纸习惯性地从门下缝隙里塞进来，小狗跳着跑着，去了门口，把报纸叼了回来，放在主人的身边……直到鳏居者的尸体发出难闻的气味，邻居报了警，警察赶来打开鳏居者的门，才知鳏居者去了多日了。

拥进鳏居者家里的人，发现了那条小狗，和小狗每日叼到鳏居者手边的报纸，摞起来竟然有了半尺高。

大家知道是那条小狗的功劳，不离不弃地守在鳏居者的身旁，因为多日少食缺餐，也已饿得奄奄一息。因此，大家不约而同，都为那条小狗而涌出闪闪的泪光。

狗通人性，可爱的小狗来填人的虚怀，这是狗的幸运，但是可以肯定地说，那是人的悲哀。因为人之为人，切实需要的，还是人的关心，人的爱护……孩子不是自己的附属品，我们生养孩子，教育孩子，就是为了孩子的成长。孩子长大了，长出了能够飞翔的翅膀，我们就该放手，让他们去扶风飞翔。这样我们可以发现，而且是个骄傲的发现哩，扶风飞翔的孩子，让广袤无垠的蓝天，更多彩云和繁星……是这样了，我们可以收回自己的目光，看看你的身边，有你形影相伴的爱人，他（她）们是否如你一样，心空了？怀虚了？

要知道，在孩子还未填充你的心怀之前，充实你心怀的那个人，一定是你的爱人。

2010年3月15日 西安翠竹园

糖友

我被吓住了！

餐前血糖9.8！餐后血糖16.8！我很自信自己的身体，起小在乡村长大，苦也吃过，累也受过，带来的一大好处是，把身体摔打得特别硬朗，禁得起风浪，也扛得住雨雪，小灾小病的，不吃药不打针，扛几天就都过去了。可这是血糖病呢，指标又高得离奇。我还能像过去一样，不管不顾地扛吗？

辛卯年的七八月份，我被这个问题困扰着，身体一天一天见瘦。不仅是家里人，便是朋友们见了面，也都惊讶我的状态，身体瘦着，精神状态跟着也瘦，完全没有了过去日子的饱满与乐观。家人和朋友，都对我担起了心。典型如我的女儿吴辰旸，她在同济大学读书，回家来，与我待了几日，早晨起来，陪我在曲江的南湖岸边走一圈子，晚饭后，又陪我在曲江的南湖岸边走一圈子……我走得很奋勇,却也难掩病体的虚弱。女儿是看在眼里的,我希望她能询问我几句,但却没有,在我强撑着身体,跟随女儿的节奏,在杨柳扶风、湖光潋滟的岸堤上走着。女儿给我说着她的事儿,说她在做一项国家资助的科研项目;说她还在准备参加两项国家级科技竞赛;说她已经接到通知,准备要去美国的伯克利大学,参加一项国际性的科技竞赛……要知道,我的女儿不是个特爱表现自己的人,她总是埋着头学习或是做事。成果出来了,我不是从网络或别的渠道获知来问她,她是不会主动给我说的。譬如她在同济大学读了一年即考取了本硕连读的资格,譬如她在校学习两年,两年都获得国家教育部的奖学金,就都装在她小小的心里头,从没主动给我说,却在陪我散步锻炼身体时,不断地给我说她的事。这使我不能不有所惊悟,女儿长大了,她在安慰我,也在鼓励我,但也大大地操心着我。果不其然,女儿要回上海上学了,她母亲陪着她,也去了上海。母女俩在上海仅只厮守了一天一夜,女儿就撵母亲回西安了。她说:“我爸一个人在家,我睡不好觉。”母亲就这样被女儿逼上了飞机,在机场,母女俩离别时,女儿给母亲检讨说:“我以后不能乱花钱了,我要省,省一个是一个,不要教我爸再熬夜、再受累了。”女儿把自己说得流了泪，把她母亲也说得伤了心。

她母亲回到西安的家里，把女儿的话说给我，把我也惹得心口上一抽一抽地痛。

这都因为什么呢?

糖尿病……可恶的糖尿病啊！它给我们这个和睦欢乐的小家庭，拉起了一道忧伤的幕布，我们该怎么办？我能怎么办？我想了很久，思来想去，一切都在我了。血糖那么高，高在我的身上，我是不能让妻女为我担心，为我流泪了。

然而，一顶糖尿病的帽子，看不见，摸不着，却实实在在地戴在我的头上，我没有不正视的理由。吃药是一定的，打针是一定的，而最为关键的是，自身心态的准备，是被糖尿病吓住而沉沦，还是正确认识而待之……糖友们，在这个时候蜂拥而至，现身说法提建议，一个集中的建议仿佛佛家六字真言似的，被糖友们不断提起：管住嘴，迈开腿。

自己血糖正常的时候，不知人群里有多少糖尿病患者，自己的血糖高了，才发现有此病症的人是那么的多！仅和自己亲密相处的朋友，就有贾平凹、雷涛、禹建峰等一大溜子。我们原来就是朋友，糖尿病让我们的友谊得到了一次更为浓烈的加强。大家见了面，那一份关切，那一份爱护，没有身患糖尿病的人，是体会不出来的。

日久天长，我在心里体会着糖友们之间的这份情谊，突然有了一个奇怪的认识，觉得让人厌恶的糖尿病，不也是我的朋友吗？它不请自来，附着在自己的身体上，从此形影不离，生死与共。想想看，还有比之更坚韧、更可靠的朋友吗？

有了这个认识，我的心态迅速变化着，不再惧怕糖尿病了，反之又还像真正的朋友一般，来善待糖尿病了。尽管这有点儿被动，还有点儿无奈，但这是与糖尿病这个朋友和谐相处的最好办法了。原因非常简单，别的什么病，比如使人闻之色变的癌症，就绝不能视其为朋友。那是敌人，最最阴险的敌人。不幸遭遇这样的敌人，就必须勇敢面对，配合医生，动刀动枪，坚决地消灭之。唯此，才可能有自己的活路。糖尿病没这么暴烈，许多时候，甚至表现得很羞怯，很不好意思。这就不能视其为不可救药的敌人，通过积极的交流沟通，化敌为友，是完全可能的。原因很简单，糖友没法跟糖尿病战斗，战斗下去，糖友是打不赢糖尿病的，结果只能被糖尿病所牺牲。

多一个朋友，多一条路，此话不虚。如此说来，糖友也要把糖尿病当成朋友的，并善待之。糖尿病喜欢运动，我是个懒人,在它的催促下,我运动起来了;糖尿病不喜欢海吃海喝,我是个馋人,在它的监督下,我管住了自己的嘴巴……我知道,我的身体不再只属于我,同时还附着了一个形影不离的糖友。和平共处,是我与我的糖友不用签署文件,却也必须遵守的原则。

信守原则,是人之为人的基本素质,何况我和我的糖友。结果真是不错,我原来的大肚腩瘪下来了,我原来懒散自由的毛病也改了不少,这可是糖友之功呢!

我要向糖友保证,我是你朋友,那么你呢?

2011 年元月 16 日　曲江

几句家常话

噼里啪啦的炮仗声在窗外裂响着，是元宵节的晚上呢。我想全世界的华人，在这个欢乐的时刻，都会用自己的激情仰望天空中璀璨绚丽的礼花。但我却被几篇中学生的作文，牵绊住了眼睛。

这是《华商报》作文版对我的信任，让我对几遍中学生作文进行点评。我感激这份信任，更感激写出优秀作文的中学生。

对此，我能说什么呢？想了想，记起年前在西北大学附中与中学生朋友见面说的话。他们是约我当文学顾问的，我说我顾不上，也问不好，而我也是一个中学生家长，那么，我就和中学生说几句家常话吧。

其实家常话是不好说的，它拒绝掩饰，拒绝欺骗。因此，我老实告诉中学生们，我是个被中学生瞧不起的家长。

当然,这个中学生单指我的女儿。她今年要高考了,学的是理科,却并不偏废文科,在初一时参加团市委等单位组织的中学生作文大赛。这个大赛不分初中和高中,一锅煮着来,没想到我的女儿竟夺了大赛金奖,所以说她有资格瞧不起老爸。不是别的原因,是她瞧不起我的作文,统而言之:烂烂文章。

这次读了李欣宇、李正清、刘嘉越三位中学生朋友的作文,我觉得你们也可以瞧不起你们的老爸,当然也仅限于作文一端。

我要十分喜悦地告诉你们,你们的作文是不错的。你们的不错表现在作文时,绝不无病呻吟,一字一句,都是付出了真感情的。譬如《那一刻,我将陪你一起走》,李正清就深情地感激着他的父母,为他花费了太多的时间,倾注了太多的心血,他想让父母得到很好的休息,就说"你们受累了,这里痛了那里酸了"。还譬如《那短暂的温暖熟睡》,刘嘉越怀念父亲驾车载着他和母亲出城郊游的幸福,现在爸爸没了时间,但他仍然期望着,期望郊游回到家里的疲累,可以在"寂静的夜里,温暖地熟睡"。有真感情,有真性情,是写好作文的基本条件,而再加上一些诗性的意韵,应该会更好一些。李欣宇在《有这样一种声音》中就做得好一些，他紧扣校园民谣这一独特现象，做了充分的诗性的表达，这是难能可贵的。

好了，我的家常话就说这几句吧，希望不要误导了大家。

最后我还想啰唆的是，作为《美文》杂志全球华人中学生作文大赛的评委，我兴趣盎然地参加了五届。我发现参赛作文，初中组总比高中组要好一些。最近的两届，初中组都评了金奖，而高中组却遗憾未能评出金奖。我在思考这个问题，也和中学语文教育专家交谈，发现我们的语文教育，在初中时还能尊重孩子的本性，自由地抒发自己的情感；而到了高中，就很难有这样的机会，大家都奔跑在高考的高速路上，无论是老师的指导，还是堆积如山的辅导资料，把作文归纳在几种有利于高考的类型中，一遍一遍地练习，不知不觉便失去了作文中鲜活的东西，而多了许多技巧性的玩意儿。这是让人忧虑的。

我的女儿也是这样的。她初中的时候，参加了一个全省性质的作文大赛。这次大赛没有初中高中之分，大赛结果出来，我读初中一年级的女儿获得了两个金奖中的一个，而且是排在第一位的那一个。那时我在报社工作，女儿参加大赛期间，我刚好出国学习，回来上的头一个夜班，就在报纸清样上看到了女儿的名字,但我当时没敢想得奖的就是我的女儿,以为只是重名重姓,所以就没往心上放。第二天,我在家休息,女儿把奖拿回来了,是一个笔记本电脑和一个数码相机,自然还有获奖证书,这我就不能不信了。我看了女儿的那篇作文,写的是我们初到西安租住的那处大杂院。我看了后很为我的女儿骄傲,以为我的女儿是会作文的。然而,女儿从初中升到高中,作文水平没怎么提高,好像还有下降的趋势,这让女儿自己着急,也让我们家长着急。但是学校的教育如此,谁又能怎么办呢?

唉,对此我难说对与错。

2009 年 2 月 9 日　西安后村

乌鸦的智慧与蠢傻

近一期的《作文报》选了我的一篇文章，发出来又做了多角度的分析。朋友告诉我消息后还复印了一份给我，我才知道选的是我在《小品文》杂志上发的那篇《暗香浮动的茶叶蛋》。说实话，几位作者的分析文章对我是很有启发的，对我重新认识我的作品提供了多种可能。

正在他人的分析文章里思索着，却接到《美文》下半月刊编辑的电话，约我就今年的高考作文谈一些看法。我应了下来，顺着茬儿就说一些吧。

各地的高考作文题都不一样，我所在的西安地区，用的是一个关于乌鸦学习老鹰抓羊的寓言故事，要求考生写一篇作文。应该说，这个命题是有水平的，在貌似单纯的背后，蕴藏着太多发挥的可能，是够考生用心想象，写出一篇别具一格的美文来。

亲爱的考生，你是怎样审题、又是怎样作文的，我不知道，但以我的理解，咱们不可拘泥于一个方向，按照一个模式作文。

譬如，我们可以很正面地入笔，写出乌鸦的梦想，和它实现梦想的勇敢和无畏。因为我们知道，乌鸦是鸟类中最有智慧的一个物种，《乌鸦喝水》的故事不是故事，事实是乌鸦本身有那个智商，瓶子里有水，它喝不到口，就叼来石子投入瓶子，使水位升高，它就能喝到水了。

智者乌鸦，在它的同类之中，也许只有它才有这样的智慧。鸟类研究家的研究成果表明，乌鸦能够制作简单的工具抓取食物，甚至还能够将一段直直的铁丝弯成钩子，把食物从管子里钩出来。除了人之外，没有其他动物（包括灵长类的猴子和人猿）能够解决如此复杂的问题。此外，鸟类中数乌鸦的叫声最丰富，大约有三百种之多；所筑的巢穴，也是其他鸟儿所望尘莫及的，如人类修筑的高层楼宇一样，高者竟达七层以上；而最为人惊讶的是，它还具有与人一样的记忆功能。所以说，乌鸦是不可貌相的，它生得黑，黑又怎么了，在人类社会里，黑色是永远不变的流行色。

什么“乌鸦头上过，无灾必有祸”“天下乌鸦一般黑”“乌鸦叫丧”“乌鸦嘴”等等有辱乌鸦名节的说法，都只是一种外在的浅薄，绝对是不能当真的。

勇者乌鸦，它也许知道普罗米修斯活着的意义，就是为了人类过上幸福的生活。于是，他不畏牺牲，冒着触犯天条的危险盗取火种，而不幸被天神宙斯锁在高加索山的悬崖上，受尽折磨而不改初衷。有这样的榜样，乌鸦还有什么可畏惧的，它行动起来，像只雄鹰一样去抓羊。当然，它可能也会失败，甚至会牺牲了自己，它把自己的生命已经交给了一个新的尝试，一个新的开拓。试想，如果没有它这一只乌鸦去抓羊，大家都不思求变、麻木平庸，心甘情愿地在腐肉堆上延续传统的生活，那该是多么可悲呀！这只乌鸦勇敢地站出来了，它势必赢得群鸦的尊敬，而历史也会记住它，尽管它准备得不是很充分，使它的壮举缠绕在柔韧的羊毛上，让它饱受痛苦和折磨。

生命可以平凡，但不能平庸；可以很短暂，但不能不探求。即便是失败的、痛苦的探求，不也正是一种积累吗？经验是在积累中成熟的……可敬的乌鸦，相信你的冒险和探索，升华为鸟类一个普遍的智慧时，你就会享受永远的崇仰与膜拜。

为乌鸦的壮举喝彩，这应该是一种作文方向，但不是唯一的方向。考生还可以反其道而行之，写出乌鸦的悲剧精神，让乌鸦知道，你只是乌鸦，不是雄鹰，你的明知不可为而为之，只能是自取其辱。

脚下是滚滚激流，勇者无畏的一跃，便会成就飞瀑的一次壮怀激烈；前面是绝壁悬崖，勇者无畏的升攀，便会成就历险的一次梦想升华。

是啊，只有无畏的勇者才可以鱼跃龙门，精卫填海，愚公移山……鹰天生是这样的勇者，它在选择自己的生活环境时，也总是按照勇者的意志，挺立在人烟不能所达的峭崖之上，迎着寒风飞雪，迎着雷电暴雨，展开它雄健的翅膀，高高地翱翔在飞雪暴雨里……食肉是它的本能，而且绝不食腐肉。突然，一只肥硕的绵羊映入了它的眼睛，它俯冲下来，只是轻轻地一扑，就把羊抓了起来，变成它口里的一顿美味。

乌鸦躲在一棵树上，透过茂密的枝叶，目睹到了鹰的勇猛和壮烈，感受到了鹰的雄浑和苍劲，我怎么不能学习鹰呢？而它的肠胃告诉它，鲜肉比起腐肉来，味道不知要好多少倍。于是，它学着鹰的姿势一次次地俯冲，一次次地扑腾，它是坚韧不拔的，正所谓古人所说："学贵有恒"。经过一个很长时间的自我训练，乌鸦自以为像只鹰了，但它不能忘了，它永远都是乌鸦，像是表面的，本质上乌鸦不能成为鹰。

悲剧由此而生，第一次俯冲抓羊，便落了个自投罗网的下场。

成语故事中所讲的“邯郸学步”“东施效颦”就是这个道理，就是说乌鸦先得知道自己是什么，千万不敢把自己忘了，学到最后，什么也学不来，还把自己给丢失了。人家是鹰，你是乌鸦，虽然都是长着翅膀的鸟类，却是不好比的。就像人们嘴上说，面是面，米是米，两个不能放到一块儿比一样，天生如此，比是没法比的。譬如拖拉机和飞机，烧的都是油，也都是人在驾驶，谁还能把拖拉机开着飞到天上去？谁又能把飞机开着在高速公路飞跑？不能吧。那就好，就要有个自知之明，别做盲目攀比效仿、不自量力的蠢事。

雄鹰抓羊叼兔，那是因为它有这个本事和能力，再大一点儿的老虎和熊，老鹰能抓能叼吗？不能。退而求其次，是一头牛一头驴，英勇的雄鹰也是抓不了叼不了的呢。

鹰也有自己的局限，何况乌鸦乎。它是太悲哀了，悲就悲在忘了自己是个什么“鸟”，哀就哀在它不了解自己所处的外部环境，一知半解，便盲目效仿，注定只能是一次惨痛的失败。

乌鸦的失败，给我们的启示是：人必须明了自己的角色定位，知道自己能吃几碗干饭，可不敢吃多了撑着自己，吃少了饿着自己。若不然，昏头昏脑地一番蛮干，今日学鹰，明日学鹰，学着学着失去了自己，落个乌鸦的下场，岂不是太伤自己了吗？

考生朋友，我这么“正”一说，“反”一说，来说这道高考命题，说得自己是不满意的。原因在于，我不想以自己的理解，给同学们扎起一道篱笆，束缚了同学们的想象，那我不也成了一只可悲的乌鸦，既害了自己，还要害了大家。

我把我对这道高考作文题的看法和我的女儿吴辰旸做了一番交流，我得诚实地说，文中的许多观点，是她提出来的。我相信慧聪智盈的考生朋友，会有更为精彩绝妙的想象和理解，做出更为神思奇诡的作文来。因为我的女儿像你们一样，也是一个考生，而我平时和她交流的，无非也是这些。

2006 年 6 月 25 日　西安太阳庙

指尖上的母爱

与女儿吴辰旸的交流，妻子都交给了她的手指。

我把这个日子记得非常清楚，就在四年前，女儿考取了同济大学，我与妻子一起送她赴校，在校园给女儿首次买下手机后，她们娘儿俩，面对面地就相互发了一条短信。是妻子先发给女儿的，她发的短信看似随意，但却是当时萦绕在我们心头，最想说给女儿的几句话。妻子用她的指尖，在她的手机上写道："孩子，你有你的大学了。因为你有了你的大学，也便有了离开父母的理由。你的理由是充分的，你就很好地享受你的大学生活吧。"女儿也是，她拥有了自己的手机，头一次在手机上接收到母亲的第一条短信，她偏脸乐了一下，当即给母亲回了一条短信："老娘好！短信收到，请老娘放心，女儿长大了女儿不会让你们失望的。"

母女俩头一次用短信交流，仿佛一个仪式。从此，母亲把女儿顶在了她的手指尖上，一切的关爱，一切的嘱咐，一切的唠叨，都用指尖，在手机上写出来，发给远在上海的女儿，让她们母女的距离，没有因为空间上的差距而变得遥远，仿佛独立于大学生活里的女儿，还在她的身边一样，让她们很好地进行着亲情交流。

为此，我是真诚地感谢手机，感谢这种现代化的交流沟通工具。然而，没有手机，女儿就不在母亲的手指上了？我的答案是，否。因为女儿之于母亲，不论什么时候，在什么样的情况下，都在母亲的指尖上，享受着母亲无微不至的爱。

我是妻子和女儿爱的见证者。便是女儿还折腾在母亲的肚子里，没有分娩出来的时候，女儿就已被她的母亲爱在指尖上了。

不怎么会织毛衣的妻子，买回来了毛线和织针，一针一线地来给未出生的女儿织起了毛袜。她织得可是辛苦呢，因为妊娠反应，她的手指，都被织针戳得一团红肿，仿佛透明的胡萝卜，但她绝不停手，一直织着。刚织出来，拿给我显摆，我是夸奖了的，说她织得很好。可她却不满意，拽住线头，一会儿又扯开来再织……到女儿快出生的日子里，她又不知从哪儿弄回一堆包皮布(即商场包裹布匹的那种布)，裁成与手绢一般大的样子，准备着要为出生后的女儿做尿片儿。可能是她裁布时有所感觉，发现了包皮布的粗糙。她可不想粗糙的包皮布让女儿的嫩屁股受灾。怎么办呢？她把裁出来预做尿片儿的包皮布，先投进热锅里煮，煮一阵又泡在清水里洗，洗一遍，仍嫌粗糙，就又投进热水里煮，这一次一定比头一次煮的时间长，然后又捞出来，泡在清水里洗……三番五次的煮和洗，她把自己的手洗得白蜡蜡的，像是一根根失去血色的肉肠。不过，被她煮洗过后的包皮布，来给女儿做尿片儿，的确是又柔又软，又白又干净。女儿的嫩屁股，可是享了福。

女儿顺顺利利地出生了，又顺顺利利地上了幼儿园，上了小学、中学和大学，接着呢，顺顺利利地通过了托福等出国留学的考试。过些日子，就要越洋美国，到那里的斯坦福大学读研。我们在家里给女儿做着留洋的准备，不免说起过去的事情，我就说了。

我说妻子，你把女儿是爱在指尖上了。

妻子并不是对我的说法有意见，但她反驳我，说她是爱在心上的。

我必须承认，妻子的辩驳是有理的。世上的父母，谁不是把自己的孩子爱在心上的？我也一样，是用心地爱着我的孩子的，但我不能说我爱我的孩子在指尖上。因为，我对孩子做得太少了。只有为孩子做得多的人，才配说他爱在指尖上。

过去，我在接送女儿上学的校门口，常会看到一部分孩子，在上学的路上，左手一根油条，右手一袋牛奶，边吃喝边急匆匆往学校去……女儿辰旸就绝不会有这样的事发生，她的母亲，哪怕是病着的时候，都要早早爬起来，给女儿做好吃的，才让女儿出门去上学。女儿从小长到大，她的吃吃喝喝，穿穿戴戴，就那么持续地忙碌在她母亲的指尖上。

不过，母亲那爱着女儿的指尖，也有生气着火的时候。到那时候，母爱的指尖，也会如刮起来的一阵风，削在女儿的屁股上，让女儿受一点儿皮肉之苦。作为父亲，我反对母亲这么干，终于有一次，在母亲用她的手去削女儿的屁股时，我用自己的方式反抗了。我没有挺身而出，阻挡母亲的巴掌，而是独自发着火，抬起脚来，把客厅里的玻璃茶几踩得粉碎。踩碎的玻璃茶几，响声是吓人的，而溅起来的玻璃碎片，更是伤人的，我的脚背当即被玻璃碎片划了一道血口子。我以流血的方式，阻止了母亲对女儿的暴行，但我知道,母亲动手打孩子,又能打成什么样子呢?无非还是一种爱,一种指尖上对孩子的爱。

对于犯错的孩子,爱她的母亲有打的资格。

爱在指尖上的女儿吴辰旸要去美国留学了。可以想见的情景是,作为母亲的妻子,她的指尖,是够不着打女儿了,但母亲会更勤奋地把她的手指点击在手机上,向女儿传达她的爱。我愿这样的爱,长长久久,没有穷期。

2013 年 6 月 19 日　西安曲江

孩子是一所大学

突然就做了爷爷，这使我的一位张姓乡党，有了一种莫名其妙的慌张。他打电话给我，要给他的孙子做个“百日”宴，让我到时一定赴约，给他孙儿添些“福”。这没说的，我们老家习俗如此，便是我们读书读进了大城市，来来往往，依然依着老家的老例儿走，这就走得我们乡谊十分的近，十分的亲。可是我听出了他电话里约我的慌张，我便不由自主地回了他一句话，给孙儿做“百日”好哇，你慌什么？

张姓乡党对此是不觉得的。他吃惊我的问题，给我说，我有什么慌的呢？我没有慌，我是高兴哩！

得了孙子高兴，这是人之常情。我不好在电话里与张姓乡党斗嘴，这便收了电话，准备着参加他孙儿的“百日”宴了。我想我是该给他孙儿写一副对联的。近些年来，这成了我的一个习惯，大家行门户，送的都是红包，我送的是一副手书的对联。红白喜事如此，小儿新生亦然如此。那么，我该给张姓乡党的孙儿写个什么样的对联呢？略作思忖，我即展纸泼墨，写下这样一副七言联：

日照玉阶熊入梦，花开绮阁燕投怀。

熟悉联语的人知道，这是一副贺人生子的传统对联。上联的“玉阶”，泛指登堂入室的台阶；而“熊入梦”之说，则取之古人以梦中见熊而生男的意向，恭贺人子日后将会飞黄腾达，光宗耀祖。下联的“绮阁”，不难理解，所指无非装饰华美的住所了；所谓“燕投怀”的典故，是为唐玄宗时的名相张九龄，他母亲在孕育他时，梦中有一玉燕自东南飞来，投入怀中，而后落草了他一个大学士，其意与上联异曲同工，都是佳言美语一类的颂词。我墨写出来，把这个联句带到张姓乡党为孙儿筹办的“百日”宴上，给他和一众宾朋展读了出来，让大家一哇声地热捧了一会儿。

张姓乡党从我手里来接那副贺联，他的表现，亦然十分慌张。

好像是，做了爷爷的他，把他的慌张还传染开来，使他的夫人也慌张着。而更慌张的，则还应属做了爸爸妈妈的两个年轻人,他们怀抱着自己的骨血,那个粉粉嫩嫩的,几乎连眼睛都还睁不很大的小生命,完全是一副手足无措,手忙脚乱的样子。

孩子是一所大学!此时此刻,这个我不能忘记的命题,倏忽明晰在我的头脑里,逼迫着我,是要有点儿自己的阐释了。

两个年轻人的婚礼,因为张姓乡党的缘故,我自然是参加了的,而且作为嘉宾代表,还为两个年轻人上台证婚祝贺。我清楚地记得,我的祝词是说,婚姻是一所学校,新郎、新娘,不管有了大学本科文凭,还是大学硕士文凭,走进婚姻,就是走进了另一所学校,这就是两人的生活学校。这所学校没有学制,也没有一个标准的校规。这所学校的特点是:一千个两人的世界,就有一千种样态;一万个、十万个、二十万个两人世界,同样的也就有一万种、十万种、二十万种不同的样态。怎么读,是婚姻生活中两人自己的事。读好了,家庭和睦,百事平顺;读不好,就难说了。

不过,我对婚姻这个两人的学校,描绘了一幅令人向往的图景,那就是两个人生活着,有了自己的孩子。孩子是一个象征,象征年轻的夫妻,很幸福地获得了一个毕业文凭,就是说婚姻的双方,一个获得了“爸爸”的学位,一个获得了“妈妈”的学位。接下来还得继续努力地学习，而这个学习的历程将会更长，更为艰巨。

在两个年轻人的婚礼上，我点到为止，就只说到这里。他们现在有了自己的孩子，他们的父母自然地又都有了自己的孙子。这个出生百日的小生命，只会哭还不会说话，只会皱眉头还不会展笑颜的小家伙，让有了“爸爸”学位、“妈妈”学位的人，没有商量，甚至没有多少准备地，一下子又跨入了另一所学校，开始一场更持久、更艰难的学习。

怀里抱子孙，方知父母恩。流传于民间的这句话，最能说明这一场学习的功能了。

自己的怀里，没有抱上子孙的时候，我们或许也知道爱，或许也懂得爱，但还不能说我们会爱。爱不是嘴上一说那么轻松，爱是要付出的，付出时间，付出心血，付出我们应该而且能够付出的一切。孩子要吃奶了，我们需要把奶煮热了给孩子吃；孩子尿了，我们要把孩子的尿片儿换下来，洗干净了晾干，再给孩子用；孩子半夜不睡，又哭又闹，我们需要陪着孩子，抱着孩子，把孩子哄睡着了我们再去睡，而且还不能睡得太踏实，时刻保持警惕，睡着了的孩子是不是又尿了？是不是又拉了？孩子咳嗽一声，我们心惊十分；孩子发烧一度，我们心焦十度。我们抱着孩子，不论冬天夏天，不论黑天白天，不论刮风下雨，不论雪飘霜降，我们一刻都不能迟疑，抱起孩子，就要往医院去。吃药打针，针扎在了孩子的身上，但却疼在自己的心上；药吃进了孩子的嘴里，同样会苦在自己的心头……在养育孩子的问题上，我们什么都不会，什么都不懂，因为有了孩子，我们必须学习，学习做一个合格的爸爸，学习做一个合格的妈妈。

我们做爸爸做得够格吗？

我们做妈妈做得够格吗？

好像是，并不能由我们自己说了算，能够发给我们合格证的，只有我们的孩子。因为孩子，是他们降生到这个世界以后，自觉不自觉地建立起他们自己的那所学校的唯一的校长。

孩子教育爸爸妈妈的方法有两种，一是哭，一是笑。哭哭笑笑的孩子教育着爸爸和妈妈，爸爸和妈妈也教育着孩子，爸爸妈妈能否死而瞑目，就看爸爸妈妈向孩子学习到了多少！

我这么恭贺我的张姓朋友，其实也是在恭贺我们自己，因为我们家里，在学习的问题上，不论妻子和我，都自觉以我们的女儿为校长。在她小的时候，她哭了，我们挖空心思揣摩她为什么哭；她笑了，我们又挖空心思揣摩她为什么笑。我们在女儿的哭笑里学习，并在女儿的苦笑里成长，我们自以为是女儿合格的学生，我们声气相通，我们情感相融。这或许有悖我们的传统，总是坚持家长教育孩子，而排斥孩子教育家长，以为前人的一切都是对的，都是需要孩子学习的。岂不知，作为前人的家长，也有自己的缺陷，也有向孩子学习的必要。我们家，我是一个老顽固，因为有这样的一个家庭制度，使我受益匪浅。如今，我年逾六十，依然自觉向我的女儿学习，她使我的思想不至于老化，她使我的意识不至于老化。

我感谢我的女儿，我甘于做她一位学而不倦的老龄学生。

2013年4月14日　西安曲江

母亲的炊烟

炊烟，怎么就不见炊烟了呢？

我从生活的大城市，回到儿时生活的乡村，住了几日。我心想品味一下弥漫村庄里的炊烟，可是那与村庄相互缠绕的东西，却没了一丝一缕的踪影，仿佛化入了虚无的幻境，我只有在梦里去重温了。

懵懔无知的童年，在我想起时，便带着无处不在的炊烟，让我感到炊烟的美丽，还有温暖，还有浪漫，还有缠绵，还有……我要说下来，不晓得还会有多少的还有。总之，我的童年就那么不可逃避地弥漫在炊烟之中了。

炊烟可以与云彩相媲美，但炊烟不是云彩。云彩飘浮在高远的天空，炊烟则铺展在脚踏的地皮上。天空有云彩的时候，地皮上可以有炊烟；天空没有云彩的时候，地皮上依然可以有炊烟。那伸手就能抓一把，张嘴就能吞一口的炊烟，说它像是铺在地皮上的薄纱，或者是铺在地皮上的棉花糖都行，但它绝对比薄纱要轻，比棉花糖要柔。脚踢巴掌拍，踢不着什么，抓不着什么，但却让人特别愉快，特别想闹。童年的我，在那时候，很容易把自己幻想成一个能够腾云驾雾的神仙，犹如挥舞着金箍棒的孙猴子一样，在炊烟里，玩命地嬉戏，跟斗一个连着一个，扑爬下去了，站起来继续扑爬……母亲的声音，往往在这个时候，飘在炊烟上面，柔柔软软地传送进童年忘归的耳朵。是我，还是别的伙伴，就很自然地被母亲唤归的声音，像是一根纤细的绳子似的，拴住了胳膊腿儿。踢踏着缠绕在脚上的炊烟，不很情愿，但却乖乖地回到母亲的身边，被母亲牵着手，牵回家去。

光照大地的太阳，仿佛也在我们母亲的唤归声里，落下西山，回家去了。

可是炊烟，并不理会我们母亲的唤归。它依然弥漫着村庄，如纱似雾，陪伴我们在母亲的催眠曲里，幸福安逸地进入梦乡。

炊烟里的我，有许多许多要好的伙伴。夏天的时候，我们赤裸着身体，很是不知羞耻地追逐在炊烟中，好像炊烟就是我们美丽的遮羞布。而到了寒冷的冬季，我们还会在炊烟里追逐。但由于条件的限制,我们穿戴得并不暖和,头上没有棉帽子,脚上没有棉袜子。因为正长个儿,棉裤短了一大截,棉袄小了一大圈儿,到处走风透气。我们却不觉得冷,好像炊烟就是我们保暖的温床。我们享受炊烟,更享受炊烟里母亲呼唤我们回家的声音。炊烟是母亲制造出来的,母亲就是炊烟。我们欢愉在炊烟中,其实就是欢愉在母亲的怀抱里。

然而现在,乡村没有了炊烟。没有炊烟的乡村,自然也少有母亲的呼唤,少见母亲的身影。母亲踩着父亲的脚后跟,都到大城市里打工去了。

原来喧闹的乡村,如今是那么沉寂。听不见孩童们的戏耍,也听不见猪狗鸡羊、牛马驴骡的吠叫嘶吼。一些院门上拳头大的铁锁,终年不开;一些院门开着,能够看见的是沉默的老人,以及寡语的孩童。我听说了,邻村有位上了年纪的老爷爷,孤身带着个小孙子,留守在家里,抚育着他的小孙子。老爷爷的身体不错,老了不觉得自己老。小孙子对落户在他家的一窝小雀儿特别上心,一天到晚,仰着他的小脑袋,追着那窝小雀儿转。老爷爷看在眼里,知道小孙儿是太孤独了,他想给小孙儿逮个伴儿,和小孙儿一起玩的,这就端了一把木梯,搭到小雀儿的窝巢下,去逮小雀儿了。

可他刚爬到小雀儿的窝巢边，伸着手，就要逮住一只小雀儿时，木梯滑了一下，老爷爷从木梯上滑跌地上，摔得昏死了过去。小孙儿不知老爷爷已死，瞌睡了，就还躺在老爷爷的身边；醒来了，就还绕着老爷爷转。幸好有老爷爷给小孙儿买下的一箱牛奶，小孙儿饿了，就取一袋牛奶来喝，他自己喝，还给老爷爷喝。小孙儿不知老爷爷死了，村上的人都不知道他的老爷爷死了。只有相约三天打一个电话，通一通气息的亲戚，在打了一串电话都不见人接的时候，心里慌着跑了来，砸开紧闭着的院门，这才发现老爷爷的不测。而这时的小孙儿，也因为吃喝完了牛奶，趴在老爷爷的臂弯里，饿得奄奄一息。

呜呼！这不是传说，也不是故事，而是一个现实存在。现在的乡村，哪儿又不是这样的呢？千门万户，就都是年老的爷爷奶奶，年幼的孙儿孙女。这使我不觉想起一首台湾歌曲，“有妈的孩子是个宝，没妈的孩子像棵草”。

回来吧炊烟，往日母亲的炊烟。

2013 年 4 月 14 日　西安曲江

聆听天籁

月亮笑了！小时候，爷爷这么给我们说，但我们谁又听见了月亮的笑声？

星星哭了！小时候，奶奶这么给我们说，但我们谁又听到了星星的哭声？

我可以肯定地说，我们没有谁听得见月亮的笑声、星星的哭声。然而，我们相信着爷爷和奶奶的话，相信月亮会笑，相信星星会哭，而且坚信那就是世间最美的声音，也就是我们所说的天籁了。因为小的时候，我们在乡村，没少经历那让人揪心的时刻。特别是乞巧节的傍晚，小孩子们会在老爷爷、老奶奶的唆使下，敛气静声在葫芦架下，或是打麦场上，聆听月亮的秘密和星星的隐私。我不知道，我们那时，有谁听到了月亮的秘密和星星的隐私？但在老爷爷和老奶奶正经地问我们时，我们又都高深莫测地点了头，所以就还对于月亮笑、星星哭的事情，神秘着、隐私着。

不过呢，有一些堪比天籁的声音，不用我们太费神，不用我们去神秘，也是很容易听见的。那便是虫鸣和鸟叫了。

喳喳喳喳，那是麻雀的欢叫了；咕咕咕咕，那是扑鸽的低唱了；咯咯咯咯，那是喜鹊的轻吟了；还有啄木鸟、白脖儿、算黄算割等等飞翔在乡村里的鸟儿，没有一种鸟儿的叫声，不像歌唱家一样美妙。此外加上虫子的鸣叫，就更惹人。身在乡村，仿佛就处在一个轻音乐的舞台上，随时随地，都会被那天籁一般的声音所包围。

可是，我们中的一部分人，从乡村走进了城市，住上直插云端的高楼。那宽阔的大马路，还有水泥浇筑起来的高楼，森严地隔绝了我们与鸟儿和虫子的联系。我们住在整洁漂亮的大楼里，抬头看不见天上的月亮、星星，低头听不见虫鸣、鸟叫。这样的结果，对我们渐入老境的过来人，虽然也是一种遗憾，但还不算缺失。因为我们经历过了，我们也想让我们的孩子有所经历，但我们无能为力，在摊大饼一般越来越大的城市里，就只有让我们的孩子缺失着。

我倒没有特别注意这些，只是我的妻子，不想她的女儿对于那天籁般的事物有所缺失。

妻子逮住机会，就要陪着女儿到公园里去。而且我们居住的地方也有这个便利。历史上的贡院，现在的儿童公园，就在几乎一墙之隔的地方。妻子带着我尚且幼小的女儿，追着三月桃花的明艳，五月蔷薇的灿烂，七月紫薇的芳香，九月秋菊的烂漫；到儿童公园里去，追逐翩翩飞转的蝴蝶，捕捉四处飞蹿的蚱蜢，以及爬在椿树干上的花媳妇，粘在桑树叶上的天娥虫……这让我大为庆幸，不算很大的儿童公园，因为妻子的着意引领，使我的女儿在她的成长过程中，通晓了许多东西：知道何为“化作春泥更护花”，也听懂了“寒蝉凄切”，以及蟋蟀的暮年之歌。

女儿大学毕业，就要出国留学了。我夜不能寐，心有所想，都是这些鸡毛蒜皮的事情。但我以为，我是该把这些鸡毛蒜皮记下来的。原因是，一个人的成长，鸡毛蒜皮是最真实的。

因此，还有一些事，倏忽鲜活在我的眼前，使我不能不再加几笔记之。

那是女儿和我们夫妇回乡村省亲的日子哩。三夏过后，乡村到处一片麦香。我们回到女儿在扶风原上的姥姥家。姥姥家头门上的洋槐树里，不知钻进了多少知了，在炎热的天气里，合唱着一曲没完没了的歌曲。再还有几只蚂蚱，被关在一个麦秆儿新编的笼子里，挂在姥姥的窗棂上，配合着知了的嚣叫，也是一声长过一声地吟唱着……在这样的环境里，女儿的眼睛和耳朵是不够用了。她一会儿去数树上的知了，一会儿又去数被关在蚂蚱笼子里的蚂蚱。她正兴高采烈地数着，却见一只碧翠的小青蛙，从门口的一汪渠水里爬出来，趴在了一丛草团上。这个发现，让女儿更是兴奋不已。她放弃了数着的蚂蚱和知了，追到青蛙跟前，张开双手，要去搂抱青蛙了。她一边作势去抱，一边还给青蛙说，宝宝好，你来让我抱抱你。

我听到了女儿要抱抱青蛙的声音，我感觉那是不输任何天籁之声的表达了。现在想来，女儿不仅积累了丰富的书本知识，而且还具备了较高的情商，以及一双发现生活之美的眼睛，是与妻子引领，甚至纵容女儿亲近自然、热爱自然分不开的。

聆听天籁，其实就是聆听自然。

2013 年 6 月 19 日　西安曲江

手和手

这手和手的接触，的确是很不同呢。便是形式上的不同，就有握手、牵手、拉手手等等区别，而且其所传达的内容，在本质上也是很不一样的。

怎么说，握手都是一种礼仪，是从西方舶来的东西。我们的老祖先，原来是没这个习惯的，见面了抱拳拱手，既是打招呼，也是对对方的致礼。西方列强，强加给我们一场鸦片战争后，把我们的国门打开了，也把他们的握手礼塞进了我们中国。要说，这个礼节，其实不像西方的科学技术那么先进，更不如我们的拱手礼。隔空打招呼，可是多么健康啊！握手就没这么干净了，谁的手上都会带着病菌，如果只是一般的倒还罢了，如若是传染性的，手与手相握，给大家，或给自己带来健康问题，可就很不妙了。再者是，握手太缺少情感交流了。朋友相见握手，同事相见握手，便是敌对的双方,相见也是握手的。

佛家的礼仪手势,与我们传统的民间礼仪手势有许多相同的地方,核心在手,两个人的手和手,是不接触的。在国际外交场合,以此作为会见礼,真是太智慧、太体面了。

在握手的事情上,发生的愉快事和不愉快的事,要说是很多的。总而言之一句话,握手并没有那么了不起,那么不可少,倒是我们传统的拱手礼,在科学的今天,很有重新倡导和推广的必要。

牵手就更不一样了。

不一样的还有拉手手。

牵手纯属一种惯性。家里人上街了,要过马路,或是爬台阶,你把手伸出来,她把手伸过去,自自然然地牵在一起。走过了马路,登上了台阶,又自自然然地松开来……因此说,牵手满含着怎样的亲情和关心啊!这就是恩爱夫妻,这就是骨肉儿女,因为熟悉,可能牵手在一起,仿佛自己左手拉着右手,一点儿感觉都没有,但却正好印证了一种自然,自然形成的关爱,自然形成的默契,绝不是什么感觉可以比拟的。

女儿考上高中的那天,我和她上街散心,在东大街上,要从街南往街北去。过马路时,我走快了一步,女儿伸出手来,牵住了我的手。在此之前,可都是我主动去牵她手的,这一次被女儿主动地、自然地牵起来,我蓦然意识到,女儿长大了,知道关心我了。

这是亲人之间最平淡、最动人的一刻呢!

那么拉手手呢?那可是另一种情景了。陌生的一对男女,相互探索着对方,了解认识着对方,到各自的心里有了一点点对方,并情不自禁地侧身立着,偷偷地把两只手拉起来,没有点儿冲动是不可能的……在这方面,我没有什么体会,倒是陕北信天游里的一支歌,虽然直白了些,却也最能说明问题:

(女)你要拉我的手,
(男)我要亲你的口;
(合)拉手手呀亲口口,
(合)咱们二人圪垴垴里走……

2012年6月16日　西安曲江

说话与听话

还别说，人人都有一张嘴，除了吃喝，就是说话。在吃喝上，有人味重，有人味淡，有人好辣，有人好甜，是很不一样的。所谓“巧厨子难调众人口”，讲的就是这个道理。但这是不伤大雅的，而且也不会伤人。说话就不一样了，会说不会说，结果截然不同。不会说了，一言既出，撞得墙倒房塌；而会说了呢，阳光灿烂，皆大欢喜。

有一些人，话说得真是绝。

不是我自夸，我的女儿就是个会说话的人，她和我的几次闲扯，把我说得就极服气。现在女儿在大学读书，寒假回来，朋友的女儿出嫁，吃罢喜宴往回走，我对女儿说：“你出嫁时，爸说不定会哭死呢！”我女儿笑了笑说：“别是我嫁不出去，你才要哭死呢！”如此一针见血，我还能怎么说？回家后默默地去了书房，翻开一本杂志，随便地看着。女儿跟了进来,给我又说了一句话。她说:“你如果乐意做我的嫁妆,我出嫁时,你不会哭 ,我也不会哭。”

女儿人小鬼大,在我们家,活宝一个。一次回家坐到沙发上,我感觉到把女儿的脚压住了。她不等我抬屁股,自己已哎哟哎哟地叫上了,她说:“爸爸,你的屁股踩上我的脚了!”

一个“踩”字,被女儿用得真是叫绝。

女儿这种叫绝的话,写出来不知要消耗多少笔墨。那么,就此打住吧,因为我想写的是另一个人。他也是个很会说话的人。

这个人是我女儿敬重的叔叔穆涛, 他们两个有过几次短暂的交往,其中就有一些非常使人难忘的对话。不过,我仍然不想在此用功夫,我只想说一说很会说话的穆涛。

我比穆涛年长十岁,但我发自内心地把他视为我的老师。我所以二次走上文学道路,没有他的鼓励和帮助,几乎是不可能的。与他相熟,先是我写的一些关于民间碑刻的随笔。受了他的唆使,我写了近一百篇,后集书一册。书成之日,朋友们一起喝酒,他端了杯酒敬我,还说他有一句话相赠。他说,老兄,你的故乡出土了那么多青铜器,你该写写它们了。这句话成了我们的下酒菜,我们仰起脖子,都很豪迈地将酒灌进了肚子。他这一说,只是一杯酒的时间,而我为此,付出了一年半的光阴。在广州的《随笔》杂志开设专栏,写了三十来篇关于青铜器的随笔,2009年被紫禁城出版社结集为《青铜散》,出版后很受市场青睐。

穆涛的话说到了要害上,我乐意听他说话。

在我的枕边,放着他的新书《散文观察》。有他这本书伴我入眠,我睡得是很踏实的,当然也还有梦要做。有好多次,就梦到他书里的话,都是我入睡前,读得会心一笑的句子。

譬如:人格中怕的是虚伪。伪是容易看出来的,不需要讨论,人见人憎。但虚是需要认识的,散文写作里的虚,更需要认识。

还譬如:文学在实验室里,正如文而不化不是真的文化人一样。散文的手法要有突破和创新,更要有尘世感,一只脚可以云里雾里地摸索,另一只脚要踩到实地。

有此两段话可以了吧,我不能把穆涛的书全抄出来给大家读。仅此我们该知道他是怎样一个人了。他说的都是人话!我在认真地听着,也在认真地实践着。

2012年8月18日 西安曲江

戏泥弄瓦

习惯的说法是:秦代有了砖,汉代有了瓦。实际是西周时期,就有了砖和瓦的,这在周原遗址的考古发掘中,已经有了多次的证明。我到扶风、岐山的周文化博物馆去参观,在陈列有序的玻璃展柜里,就有质地古朴的砖、瓦展品,在明亮的射灯照耀下,散发着黛青色淳厚醉人的光彩。

自小生长在周原遗址上的我,触目所及,两面滴水的架子房,单面滴水的厦子房,高高的房顶上,遮盖着的,全都是一色儿的小青瓦。与博物馆展出的青瓦相比,只有长短和宽窄的区别,质地和形制就全没了丝毫的变化。因此,我还曾经感叹:姬姓王朝改了刘姓,刘姓王朝又改了杨姓、李姓、赵姓、朱姓、爱新觉罗姓,而那屋顶上遮风挡雨的小青瓦,却千百年不改。世事在这里,进化得也太缓慢了。

缓慢不是问题,证明我们祖先的发明,具有持久的生命力。

可是忽然就成了问题。

读初中的女儿一天问我:“青瓦是什么样子？”

我努力地给女儿描述着，又是比画，又是说道。女儿还是不得要领，弄不清青瓦的样子。我便很不耐烦地说:“等有空儿，爸带你到乡下看去，看了你就知道了。”

我们生活的城市，现在只有钢筋水泥浇筑起来的楼房，四四方方的样子，太少变化了。高也好，低也好，大也好，小也好，都是一个大平顶，油毡一层，沥青一层，反反复复地覆盖着，就很防水了。钢筋水泥的楼房，排斥着小青瓦。传统的小青瓦从现代化的建筑上，无法回避地被赶下了屋顶，渐渐地在珠光宝气的城市视野里消失了。

农村应该还有小青瓦盖顶的传统民房吧。抱着这样的希望，选择了一个周末的日子，我和女儿回到西府农村的老家。

汽车在高速公路上飞驰着，我的记忆也如飞驰的汽车，在大脑里飞速旋转着……旋转成了一个人力转动的木质转床，制瓦师傅把暗窑里的红胶泥，很知分寸地竖起一道泥墙，一根细细的钢丝绷在竹弓上，有所限制地在泥墙上切出一片恰到好处的泥坯，双手捧了，竖贴在转床上的瓦桶上，这就抄起两个带着把儿的木质瓦拍，一边手里握一个,啪啪啪,啪啪啪,在悠悠转动的转床上很有节律地拍打着瓦桶上的泥坯。转床百圈千圈地旋转,瓦拍百遍千遍地拍打,直到把泥坯拍打得筋了、熟了,提着晒到太阳下,半天时间,待桶瓦半干不干,收回暗窑。如桶一样的圆形瓦坯,里子上,早有四条制坯时压上去的刻线,举手轻轻一拍,圆圆的瓦桶,一分为四。积攒得多了,就又装进烧窑里,十天半月的一场好火,再慢慢地用水在窑顶饮了,起出来就是一窑上好的小青瓦呢。

少年时的我,曾着迷地看过制瓦师傅的手艺。而且还很着迷地看过造屋师傅,在新造的屋顶上,抹了麦草泥,一行行的,把小青瓦鱼鳞一般,叠压在新房顶上。小青瓦的造型是简单的。造屋的师傅给房顶苫瓦的手艺也是简单的。讲究的是简单的小青瓦苫得合茬成行,形成瓦垄。需要美观时,还可在前檐滴水处,锲上有花纹的瓦当。

屋子盖得久了,瓦片由灰变青,瓦垄里还会生出好看的瓦松苔儿来,配上高墙、门楼,差不多就是殷实人家的象征了。在春季的头一场雨后,瓦松苔儿起身了,蓬蓬勃勃地生长着,直到冬季的头一场雪,又枯萎下去。在此期间,肥肥胖胖的,带着点儿酸、带着点儿甜的瓦松苔儿,是农村孩子的一道口福,小孩儿是很馋那瓦松苔儿的。躲开大人警惕的目光，悄悄地爬上坡顶的屋面，采来瓦松苔儿，躲到背人处，招来三两玩伴，有滋有味地大吃一场。

采取瓦松苔儿，冒险是一回事儿，踩碎小青瓦是另一回事。碎了小青瓦的地方要漏雨，这便害得大人冒雨也要爬上房顶，用一块好的小青瓦，补上踩碎的那一块。

把记忆中的小青瓦，以及因小青瓦牵连出来的故事，讲给女儿听，女儿就很向往了。

遗憾的是，老家农村也不见了小青瓦。

一户连着一户，一村连着一村，原来的青瓦房舍全被拆除了，代之而起的，是雨后春笋般崛起的砖混小楼。应该说，这是乡村居住条件的一次大进化。我是高兴的，却也不免惆怅和失落。

小青瓦的问题，之于女儿是没有实物可证明了。我为女儿遗憾着，而女儿却很轻松地一笑，说：进步就是一种遗憾。

恰好，有个叫余平的人不想遗憾，哪怕是为了进步的遗憾，他也要以己之力来弥补了。身为一个著名的建筑设计师，余平是有心机的，也善于捕捉和运用灵光一现的心机，在西安高新区的一幢楼下，租了一片不小的门面，开了一个独具创意的茶社，命名了一个独具心机的店名：瓦库。

几位朋友相邀瓦库喝茶，点的是时兴的普洱。普洱茶的汤色带着时间的浑厚，暗红中加了些暗黄，质朴而高贵，氤氲着的丝丝缕缕的清气，让我们仿佛看到刚从瓦窑里新出的瓦片一样，总也氤氲着丝丝缕缕的清气。两种清气的味道各不相同，但却绝对都是醉人的。

我便醉在余平的瓦库里了。

他在装修他的茶社时，充分地考虑了瓦的元素，也充分利用了瓦的元素。不仅在室外，就是在室内，抬头都能看见瓦的妙用。窗和门上镶了瓦，墙和壁上镶了瓦，让人不禁感叹，好一个“瓦库”瓦的世界。触目可及的地方，看得见的有北方偏厚一些的小青瓦，还有南方稍薄一些的小青瓦，有机制的大红瓦，还有机制的小红瓦，有古旧的，也有崭新的……迎着大堂的一面墙上，就都挂满了那种崭新的机制红瓦，茶客来了兴趣，欲在瓦上涂抹什么，讨来笔墨，就能随心所欲地涂抹了。眼睛数着瓦片，这就看见了贾平凹、陈忠实的题词，洋洋大观，难以尽说。

余平先生也撺掇我了。恭敬不如从命，我亦欣然提笔，找了一片新瓦，写了“戏泥弄瓦”四个字。为了满足女儿的好奇，我把她也带到瓦库，让女儿难得地结识了一回小青瓦。

2006 年 6 月 16 日夜　西安太阳庙

科学稀饭

在我有了点儿成就时，我是很想和妻子一起享受的。所以这么想，是因为妻子对我的支持，绝不像流行歌曲唱得那么轻松愉快，“军功章里有我的一半，也有你的一半”，而是日复一日的关心，年复一年的支持。

这样的关心和支持，无怨无悔，不讲一点儿价钱，心甘情愿，彻头彻尾……2010年时，我以中篇小说《手铐上的兰花花》，幸运摘取了鲁迅文学奖。领奖回到西安的第二天，西安市委宣传部、西安市文联等部门给我召开嘉奖大会，贾平凹、熊召政等省内外著名作家和评论家受邀到会，大家对我的创作，给予了充分的肯定，以及十分中肯的批评，我对此是感激的。根据会议的安排，有我发言致谢的一个环节。这个安排，我是非常喜欢的，因为我那时心里想的，就全是感激和感动，有许多人是我要感谢的。平时面对我要感谢的人，我说不出口，这是一个机会，在众人面前，我很自然地说出来了。我感谢了一堆人，到了最后，我还感谢了我的妻子。

要我说，在我感谢的一大堆人里，妻子是我最自觉，最想感谢的那一个。

碍着夫妻的情面，我对她的感谢，自始到终，都没说“感谢”两个字，那会让她脸红难堪的。因此，我给大家说了，我还有个小故事要给大家说。今天早晨我来开会时，是吃了一碗稀饭的，这碗稀饭里有三种米，大米、小米和薏米；有三种豆儿，陕北的红豆，关中的白豆和陕南的熊猫豆（一种蚕豆）；同时还有三味中药，大枣、枸杞和天麻，前两种中药是不变的，后一味中药天天在变，今天是天麻，过一天可能就是黄芪，再过一天可能又会是麦冬。我是把这种稀饭，称为科学稀饭。有人给我天天熬，我也就天天吃。吃了科学稀饭，我上下通气，绝不胡乱放臭屁。

我对妻子的这一感谢，让会场的气氛变得活跃起来。最先听出我话里意味的人是贾平凹。他等我把话刚说完，就一针见血地说：“克敬是在夸媳妇哩！”他这一说，会场上的来宾，都把眼睛齐刷刷地聚焦到坐在会场一角的我的妻子身上，她没有回避大家的目光，很是大方地站起来，向会场上的来宾,东南西北各鞠了一躬。

时任《西安日报》社长的郝小奇先生,是夜在报社值班,他把我感谢词里夸奖妻子的那一段,摘出来写了一篇文章,排到当日的晚报上,在要付印时,还打电话来,与我核实了科学稀饭的配方,并向我询问:“你说吃了科学稀饭不放臭屁是啥意思? ”我笑着告诉郝小奇,不放臭屁,说的可不是生理上那种能力,而是说自己的写作,每一句话,每一部作品,都必须具有真诚的精神品格,而不是只为发泄一己私心的屁话。电话那头的郝先生笑了,他说他知道了。

郝小奇先生果然是知我的, 在第二日的《西安晚报》上,我看到了他的文章,我感动他对我的支持和鼓励,更感动我们的朋友之情。

我有科学稀饭吃,我吃科学稀饭上了瘾。可是,我却没福放开肠胃大吃科学稀饭了,这是因为,我一点儿准备都没有地被查出了高血糖。对此,我表现得茫然无措。倒是我的妻子,秉持着她一贯的科学态度,停止了给我熬煮稀饭的举动,按照糖尿病人的饮食需要,又搞来荞麦面、豌豆面等杂碎粮食,给我早起摊荞麦面煎饼,煮豌豆面糊,中午和晚饭,又还水煮或是蒸馏几样鲜菜,再加上荞面的饸饹,或者豌豆面的面片,来服侍我的一日三餐了。

要知道,我的妻子也有她的工作,更有她的事业。她这么照顾关心我,让我对她是有愧的,不能心安。这倒使我想起,我们初婚的时候,我也是热衷于家务活儿的,做饭洗衣服,表现得亦然非常主动,非常积极。我希望我做饭的手艺,能够获得妻子的认可。我洗衣服的举动能够获得妻子的赞赏。但她让我失望了,我做的饭菜,她除了认可我的刀功,在别的方面是全盘否定的;而我洗的衣服,晾晒在阳台上,都已经晾干了,妻子一件一件地去验收,她验收一件,随手又往洗衣盆里泡一件,把我洗过的衣服,不给一点儿面子地都要重新洗过……三番五次,我不能忍受妻子对我劳动的不尊重,便以不做饭不洗衣服相抗争。抗争的结果,过去了几十年,我就很少下厨和洗衣服了。

享受清福的我,在和朋友说起家务活儿时,我给他们介绍经验,说是咱们男人,要想图个轻松愉快,不做家务,就要在刚成家时,抢着做饭,抢着洗衣服,但是一定不要把饭做得好吃,不要把衣服洗得干净,坚持数次,咱就可以全身而退,敬请等着,享受饭来张口、衣来伸手的好日子。

我这么给朋友们吹嘘着, 是以我的经历现身说法的。我把这一结果,还说成是我摆脱家务劳动的一种计谋。

岁月荏苒,当我的年龄直奔花甲而去的今天,我把我的谋论再次检讨了一下,我突然明白,这何尝不是妻子的一种计谋。她以此给了我许多时间,给了我许多关爱,让我在一种无忧无虑的幸福生活中,能够专心致志于我所热爱的事业。我没有理由不认真努力,不奋勇向前,不有所获得。

所以说,我的成果,也是妻子的成果;我的成功,也是妻子的成功。

2013 年 7 月 15 日　黑龙江五大连池

做个好女人

写了篇《享受吧，女人》的短章，刊出后，我几位西安报社的女同事读了，与我聚餐时，要和我讨论，女人怎么就是享受了？当时，乘着酒兴，大家说得很是热烈，而且说得极开，居然说起女人，不能死守着一个家，死守着一个男人……话外之意，我不说透，大家也是意会得到的。但我以为，同事间的讨论，是当不得真的，因为生活中的她们，都是极守分寸的，换句话说，她们可都是好女人哩！

有了这个基本的认识，我给她们说了："做个好女人，就是女人的享受，而且是最大的享受。"

我的话，让喧嚣的酒桌安静了下来。不过，也只安静了一会儿，大家就又喧嚣了起来。其中有人向我发问：怎么才是好女人？

我得承认，这个问题问得好。但要说得清楚，却很困难。还好,我在这个问题的引领下,想起了我曾熟悉的一位女领导,对于她,我始终保有一种敬佩的情绪,同时也体会到她的无奈和悲哀。

我所以敬佩她,是因为她的工作精神和工作态度,任何时候都是那么热情、那么饱满。好像是,她把她的工作精神还影响传染给了她的丈夫,使她的丈夫工作起来,也如她一样热情饱满。他们两口子,大学毕业,牵手走进婚姻的温柔乡,似乎就没怎么享受家庭的美丽,就都扑在各自的工作中,像两只斗架的鸡儿,开始了他们漫长的,甚至堪称火花四溅的工作竞赛。当然,他们也哺育了自己的下一代。要我说,他们的下一代太可爱了,女孩儿的红润和鲜靓,还有乖巧和机敏,集于他们女儿一身,任谁见了,都要接过来,抱在怀里亲一口。我就是其中的一个人,不知道把个安琪儿一样的小小女孩子在怀里抱了多少次,亲了多少次。我抱了她,她会笑;我亲了她,她更会笑。那银铃般的笑声,比天籁还要香,比天籁还要甜。可是她的母亲,她的父亲,为了自己的工作,把她送到了乡下,养在爷爷奶奶的身边。直到她要读书了,才从农村回到城市,回到了她父母的身边。

她的父母双亲,竞赛似的工作,给他们也带来了进步,他们先副科、再正科，后来又副处正处，然后双双又都经过组织的严格考察，走上了副局的领导岗位。这让许多他们的同龄人，眼红着，也嫉妒着。但谁知道，他们面对的问题，是怎样的难堪，以致不可收拾。这就是他们的亲生女儿，与他们一直陌生着，任凭他们夫妇怎么努力，都无法接近他们的女儿。一家三口，别别扭扭地生活着，一个人是一个世界，女儿是，他们夫妇俩也是。做一顿饭，洗一次衣服，都可能形成一场接连数日的冷战。女儿不愿意跟父母说话，做父母的他们，相互也冷着脸子，你不给我说话，我不给你说话，家庭气氛冷得仿佛一个冰窖。可怕的事情，在这样的气氛里不可避免地发生了，读书读到高中的女儿，在家里头一次服了毒，她趁热情工作的父母不在家，找来父母为了睡眠而准备的安眠药，大把地吞服进肚子里。不过还好，她吞服的时间不长，母亲回家来找一份她带回家的文件，发现了女儿的异样，赶紧送医，把女儿从死亡线上拉了回来。

这一次的教训，让全身心扑在工作上的他们夫妇，有了一段时间的警觉，但却没有多少用处。直到女儿考取大学，准备好一切，就要离家深造的前日，再一次吞服了父母的安眠药，结束了自己如花的生命。到这时，他们夫妻似乎才有所觉悟。以后，我见到了这位女领导，完全没有了原来对于工作的热情，便是她的衣着，也不像原来那么讲究，整个人像被霜打了的小白菜，蔫溜溜的，躲过人，总是自言自语地责怪自己，我不是个好女人！

如今，他们夫妇都已退休在家，而我们还都住在同一个小区里，因此我会经常见到他们。丈夫自己散自己的步，妻子自己散自己的步。散步时，丈夫不言不语，妻子还要自言自语地责怪自己。

他们夫妇散步时，有意识地躲着相熟的人，相熟的人也有意识地躲着他们夫妇，让他们夫妇看上去，十分的落寞和孤单。

我把这对夫妇的故事讲给了我报社的女同事，但我讲完后，加了一句话，我说我看见他们夫妻时很难受，特别是听到那位妻子责怪自己不是好女人的话，我更为难受。这让我不能不想，想她那么责怪自己，也许是有道理的，但不完全对。我以为她应该算是一个好女人呢，她只是太倾心于自己的工作罢了。

这么说来，做个好女人，不能只是对工作有热情，还应分出一部分精力来，热爱生活，特别是自己的家庭生活，尽可能地多关心自己的丈夫和子女，享受他们的快乐、健康和爱,才可能使自己体会到做个好女人的全部美丽。

2013 年 7 月 13 日　黑龙江黑河

乐古

乱世藏金,盛世藏画。这是谁天才的总结呢?我不知道,但我看得见,今天的国人,一窝蜂地奔着收藏市场而去,地方电视台的这类节目不说,只说央视的几个频道,开设的几档此类节目,就一个赶着一个火爆。特别是李佳明主持的那档《寻宝》的节目,一周一期,全国各地跑。跑一个地方,那地方的人,就都如打了鸡血似的兴奋。成千上万的人,聚集在《寻宝》节目的录制现场,人手一件两件的"宝贝",编了号,在荧屏前,摇着号等待专家赏眼鉴定。

那样的场面,真是太火爆,太热烈了。

前年的时候,《寻宝》来到西安,让有着深厚历史文化积淀的古城,也火爆热烈了一把。我有一位乐古的朋友,捧着他家家传的青瓷钵盂,也凑了去,并侥幸地摇到了号,获得了专家的鉴定,明确地告诉他,这件青瓷"对着哩"。"对"

是一句行话，也就是说朋友的青瓷钵盂货真价实，是一件古物了。古到什么程度呢？专家问了朋友，朋友说他们长辈们传说，是一件元代的东西，专家就还夸了他的长辈们有眼力。

元青花哩！在西安城能有几件？

朋友短信告诉了我，惹得我心痒痒着，抽空儿去了他的家里，目睹了那件珍贵的元代青瓷钵盂，觉得元之青花是朴素的，是雅拙的，大不如明清瓷器的精巧和细腻。不过，却也很是适合我的审美趣味。这么说来，把我的一点儿小隐私就也暴露出来了。我如朋友一样，也是乐古的，在我的家里，这里淘一件，那里淘一件，东淘西淘，倒是淘了一堆东西。因为钱不凑手，我淘不起什么大件的东西，都是些出之民间的灰陶器，以及砖和瓦……对于我的这些收藏，许多人是要轻薄的。我乡下的老泰山，进城来瞧病，见我的书房和客厅，都是一些灰土土的大小瓦罐和砖瓦，就和陪同他一起来的岳母，避开我问他们的女儿，说我弄回家那么一些土瓦瓦的东西做什么？是要在家里酿醋吗？还是要在家里泡菜？这么两声的问来，把我的妻子问得忍俊不禁，笑了个前仰后合，告诉她的父母，说那都是古董哩！

妻子不如此倒还罢了。她这一说，她的父母就还说了，说他们当年平整土地学大寨，挖出了不少这样的瓦罐子和砖瓦，挖出来是个碎的，就混在土里填了地，是个好的，一镢头敲上去，敲碎了，依旧混在土里填地。

妻子把这话偷传给我，让我好一阵惆怅。不过，从此我更爱我淘回家里的灰陶罐子和砖瓦了。因为我顽固地认为，我的陶罐子和砖瓦，年龄小者也是汉代的东西，再长一些的，就都是秦时和更久远的春秋以及周王朝时期的东西了，面目虽不如明清的瓷器华丽，但内涵又绝对不是明清的华丽可比拟的。而最关键的是，它们绝对的古。这样的古让人古得心安，让人古得淡定，让人知道自己的幼稚……试问，哪一个人能比这样一件古物活得长久？

当然，古物的存活过程，也很不容易。像我的老泰山说的，那些远古的灰陶罐子和砖瓦，遇着了他们，一个粉身碎骨的命运，便难幸免了。

有了在我家里的那一番遭遇，回到乡下的老泰山，也留意起古物了，而且时不常地要给我通个信息……乐古，对于一个人的影响，就是这么偶然和容易。因为那种思古之幽情，就在我们人的遗传基因里存在着，有个合适的机缘，淡淡地冲击一下，就会被激活，成长为自己生命的一部分，而快乐并痛苦，而欣悦并遗憾，无始无终。

“一城文化，半城神仙。”诗人薛保勤是我的朋友，他用这么两句话，形容我们居住的西安城，我是为他高兴的。在西安城里，很少有不乐古的人，我和我的朋友们相见，开口问的不是“吃了没吃”的问题，也不是“喝了没喝”的问题。手伸给了你，握住的是一个他正把玩的古玉小件，不握了呢，摊在手上的可能是一面铜镜，或是一件别的什么。便是不怎么相熟的人，笑嘻嘻走向你，也会随身亮给你一件古的物件。

乐古，成了今天的一种时尚，可是我的女儿，却有她的看法。去美国斯坦福大学深造的她，说她也是乐古的，对几千年的中国文明，非常地敬佩和热爱，她每每参观那里的博物馆，都为收藏在那些博物馆里的中国文物而骄傲。然而，这是不够的，我们乐古而不能泥古，乐古更不能背上古的负担。让古挡住我们的眼光，束缚了我们的想象，那才是得不偿失呢！

美国多年轻啊！三百岁不到的历史，他们太现实了，乐古从不薄今，而且又还努力地向着未来。

2013 年 7 月 31 日　西安曲江

乐败

争胜是人的天性，如果没有那点劲头，人活着还有什么滋味？我相信，饮食男女，几乎很少没人不这么想。可是我要问，这就好了吗？我得承认，争胜后的感觉的确不错，然而这却不是唯一正确的选择。倒是有些人，在有些情况下，乐于失败，反而十分自得，同时也使他人开心。

便是大到江山社稷这样的问题，乐败也不失为一种美丽的选择。

翻开历史，这样的事例比比皆是。最为典型者，西楚霸王项羽，理应坐头一把交椅。这位力可举天、亦可拔地的大英雄，在鸿门宴上本可血刃刘邦而定天下的，但他没有，放虎归山，与刘邦展开了数十年的楚汉战争，因此节节失败。被汉军十面埋伏，围困在乌江边上，眼看着心爱的女人虞姬自刎而死，却还不肯渡水江东的那一种乐败的精神，赚取了千古以来,多少人的悲叹。“生当作人杰,死亦为鬼雄;至今思项羽,不肯过江东。”宋代女词人李清照的词句,该是最好的解释了。

我这么解读项羽,有人是反对的。这不奇怪,因为我就怀疑自己,这么解读是否有理?但我还是顽固地要这么说了,原因非常明了,也就是说,项羽的所有失败,都是他自己造成的。便是在他生命的最后时刻,他也完全有机会,完全有条件,渡水江东,积蓄力量,东山再起的,可他却选择了失败。

英雄不争,能说不是乐败吗?

项羽乐败的结果,使残酷血腥的楚汉战争,立马偃旗息鼓,国家一统,人民安居乐业,使中华民族的历史,有了一个强盛的大汉王朝。而他自己,也被光荣地载入史册,为后世儿孙所感动,所怀念。

乐败,的确是个值得玩味的东西呢!世上的事情,原来并不是乐胜的人被人尊重,也并不是乐败的人就不会被人尊重。往往是,一些乐胜的人,还要留下千古骂名,而乐败的人,却会留下千古美名。

在朝代更替的大是大非面前,既然如此,那么在家庭生活中呢?似乎更应该如此。

乐败不丢人。乐败是一种智慧。在我的家里，是妻子，是女儿，还有我，全都先天地有着乐败的气质，并享受着乐败的快乐。然而又怎么乐败了呢？琐琐碎碎、点点滴滴，到我想要举个例子来说时，却一时想不起有什么好说。总之，那是寻常家庭生活的每一个方面，每一个时刻。

我要说的是，我是最容易被"攻击"的。发起攻击我的人，很自然的是我的妻子了。而我的女儿，赶在这个时候，又总是青红不分，皂白不辨，一概地要当她妈妈的"帮凶"。譬如说洗锅洗碗，往往是在一家吃着饭时，我自告奋勇，冲锋在前地收拾好碗筷，钻进厨房，站在水龙头前，听着哗哗的水声，自在地洗出一只碗又一只碗，洗出一个盘子又一个盘子，洗出一双筷子又一双筷子……洗好后，碗盘筷子，各归其位。但到下一顿吃饭时，妻子往碗里盛饭，往盘子里盛菜，正盛着，她会发现我把碗洗得不大彻底，把盘子筷子洗得亦不大理想，总要残留一星半点的饭粒或菜渣，这是她所不能允许的，劈头盖脸地就要说我几句，说轻说重，都在她当时的情绪了。我该怎么办呢？我能怎么办呢？我唯一可做的是承认自己的粗心，承认自己的大意，没把锅碗盘子筷子洗干净，然后还要加上一句保证，说我保证下不为例，一定把咱的锅碗盘子筷子洗干净，让爱干净的老婆满意。

我承认了错误,并做了保证,妻子的脸色会怎样呢?这不用说,一定会如桃花般灿烂呢。她因此在把饭菜端上桌子后,还会从酒柜里取出一瓶酒来,然后摆上酒杯,斟上酒,和我来碰一下了。玻璃的酒杯,碰在一起时,发出的那一声脆响,真是要多好听就有多么好听。妻子嘴对着酒杯,会冲我一乐,轻轻地啜一口,而我就更得意了,我会仰起脖子,把满杯的酒都吞进嘴里去。女儿这时如果在场,自然把她“帮凶”的嘴脸,要不加掩饰地暴露一次。

她旁敲侧击,说:“我妈的话,你记下了吗?记下把锅碗盘子筷子洗的时候洗干净。没洗干净都有酒喝,洗干净就更有酒喝了。”

我的妻子她的妈,是不要她的小“帮凶”这么说话的,拿筷子把女儿饭碗轻敲一下,说:“饭菜把你的嘴堵不住!”

是不是鸡毛蒜皮?是不是不足挂齿?家庭生活,能有多少惊心动魄?能有多少惊世骇俗?我想一定不会很多,而多的就是洗洗涮涮,一日三餐。让乐败的精神,艺术地渗透进来,使我们的家庭,获得乐败的美满,和乐败的幸福。

2013 年 7 月 10 日　黑龙江黑河

乐闲

不独是我，一切有梦想的人，对岳飞的这一句告诫都是有记忆的：“莫等闲，白了少年头，空悲切。”此外，也还可能对陆游和辛弃疾的两句话也心存记忆，前者不无伤感地喟叹，“元知造物心肠别，老却英雄似等闲”；后者则哀痛万分地感慨，“闲愁最苦，斜阳正在，烟柳断肠处”。不知别人记忆着这些话，对自己会产生怎样的作用，但我知道，他们三位可都是高怀在胸的仁人志士，我是深被他们的词句所感动。而以此激励自己，不敢偷懒，总是埋头于自己的梦想，哪怕半日之闲，都觉是一种犯罪。

同样的感受，发生在女儿吴辰旸就要赴美留学前的一日。她和几位中学同学，在西安城里闲游了半日，回家来，便不无痛心地说：“犯罪啊，我把半天时间混没了！”

对女儿的这句话，我没做半句回应。倒是她的妈妈说她了:什么犯罪不犯罪,谁一辈子不偷个闲,乐上一乐。

乐闲……我得承认,这是个值得玩味的话题呢。

人这个东西,最初的欲望是吃饱穿暖。满足了吃穿,就又欲望名和利;满足了名利,就还欲望富贵;满足了富贵,就还有新的欲望……如此下去,不知何时才能真满足?不知何日才能得空闲?做人到不了一个境界,万万难有这个觉悟,终其一生,总是一个忙。忙吃忙喝忙自己,还又忙父母忙儿孙,忙得白头到老,忙得日薄西山,还是忙不够,直到心存万般遗憾,倒头而去,双眼还忙得闭不上。难怪才高八斗的苏东坡,禁不住要做这样一声浩叹了:长恨此身非我有,何时忘却营营。

清之小品名家张潮,把苏子的那一声浩叹,读出了自己的味道,他在他的《幽梦影》里,不无自得地写来:“人莫乐于闲……闲则能读书,闲则能胜游,闲则能交益友,闲则能饮酒,闲则能著书。天下之乐,孰大于是?”我非常欣赏张潮的观点。他所谓的闲,都非无所事事的样子,所以闲,还有自己的目标与追求,不免一股文人的气息。实际上呢,闲的好处还有很多很多,遛一遛鸟,放一放鹰,摸几圈麻将,摔几把扑克,甚或是钻进人伙里吹一吹牛,坐在水边发一会儿呆,其实也是不错的。只不过这种种的闲,太无所事事,太没心没肺,太……怎么说呢?玩物丧志,闲得迷失了滋味,就不好了。闲有闲的学问,怎么闲?还真是需要仔细琢磨的。会闲了,闲出无限乐子来;不会闲了,可能闲出一身病来,这是一定要注意的。因此,张潮进一步写道:“能闲世人之所忙者,方能忙世人之所闲。”我们放眼滚滚红尘,谁不是削尖了脑袋,并挖空了心思,去做钻营的勾当。我没有这样的能力,而且对此也视如敝屣,总把别人认定既不得利、又不得名的活计,一门心思地乐而行之。其中没有点儿智慧,没有点儿定力,还真是难以坚持下去的呢!

人生苦短,时光如同覆水。

今日的人,在欲望的驱使下,还有科学以及现代化的劳什子推波助澜下,好像对古人关于“闲”的理解,很是糊涂,很是不得要领。平日里,忙得陀螺般的转,把自个儿忙得都忘了姓甚名谁。长此以往,就算谋鱼得鱼,怀揣鱼又谋熊掌,兼而得之,结果又能怎么样呢?就能青史留名?就能千秋万岁?这是靠不住的。春归如过翼,一去了无痕。不要到历史的深处去翻,也不要到现实的远处去找,只把自己的左左右右看上几眼,就能很好地观照自己。往往是,越是忙越是急的人,什么都不会留下。倒是一些悠闲的人,慢腾腾的,没怎么争的人,哪怕身不由己地化为一缕青烟,但他的精神气质，还是会留下一些在人间。

他人是自己的镜子。“采菊东篱下，悠然见南山。”的陶渊明，好像就特别有说服力，他在官场上是忙过的，在钱场上也有一个时期的忙，后来他自觉地什么都不忙了，把自己“闲”了下来，却使后来的人，对他念念不忘。

难得浮生半日闲。活人可不敢把自己活得太满，要知道大家在作画时，最懂得留白的妙处。我们做人呢，也须懂得舒展自己的情怀，仿佛闲云野鹤，肋下生翼。唯如此，我们的生命，想不美丽都难。

2013 年 7 月 20 日　西安曲江

乐贫

在坎坎坷坷的人生路上,我是一个乐贫的人。

所以乐贫,并不是天生就有的。我能记得的一些生活细节,都可以证明,我其实是很爱钱,也十分向往富贵的。小时候,要过年了,三十的晚上,父母给我几枚明光光的硬币压岁,我小心地接到手里,握住了就再不会松手,晚上睡觉,衣服脱了,手还不松,攥着硬币进入梦乡。到第二天早晨,我从热炕上爬起来穿衣服,攥着硬币的手,依然纹丝不动地攥着。知道要吃大年初一的臊子面了,我攥着的手不得不端饭碗,不得不捉筷子时,我的手还松不开。这个时候,并不是我不想松手,我是想松松不开了。

人的关节,长时间保持一种状态,就会造成不能伸缩的结果。我的父母知道这个问题,他们把我抱在怀里,小心地搓揉着我的拳头,帮助我活动着手指关节。这才使我紧攥了一夜的手松开来，露出了我攥在手心里的硬币。

父母说我了，小财迷！

小财迷长到八岁的时候，粗识了一些文字，也拨拉得了算盘珠子。忽一日，父母当着几位兄长的面，把一个包着铁皮的小箱子传到我的手上，并郑重地宣布，家里的收与支，就都由我来管了。而我也不知深浅，欣欣然接受了这一职责。从此，一边在村里的小学读书，一边很是认真地管理着家庭的财务，被我的父母亲切地称为“小掌柜”。

从“小财迷”成长为“小掌柜”，让我懂得了穷家难当的道理。

那时候，谁家里不是贫穷的？谁的家里都困难，吃了上顿愁下顿。严重一些的，举家都走上了讨饭的路；更为悲惨些的，都饿毙在了路上。在这样的大环境下，要说我们家还是不错的，这是因为，在我前头的四位哥哥，都离家工作着，吃的是商品粮，一月到头，既有定量的粮票可领，还有定量的工资可拿，这可都是活粮活钱哩。哥哥们必须节余一些出来，拿回家，交到我的手上，由我仔仔细细地记在家庭收支账簿上，然后又一笔笔按需花销着，称盐灌煤油，以及家庭成员生病了打针吃药……这样一个时期的历练，让我知道了财富的重要，我是没法乐贫的。

所以有人乐贫，我敢肯定，那一定是吃得撑着了的那类人的一种理想。

我没法乐贫，因为我小掌柜的经历，深刻感受了穷家过日月的艰难。父亲在我十三岁时去世了，我们一大家子散成了五家子。我因为母亲的一场疾病，要借十块钱，在村里西家出，东家进，借了多半个村子，都没能借来那治病救人的十块钱。因此，我咬着牙，痛下决心，一定要想方设法弄钱了。当然，偷和抢我是不会干的，但在我意念深处，那两个恐怖的字眼儿，也曾阴气霍霍地闪现过，只是由于严格的家教，把那两个字眼儿，死死地束缚住了而已。

那么我能怎么积累财富呢？

也许只能靠自己的两只手想办法了。我起早贪黑，自学了木匠手艺，我能打制非常好的风箱，还能打制娶媳妇嫁女要用的描金箱子，以及老人过世要睡的寿材……这让我的小日子过得渐渐有了起色。直到改革开放，我拉起一帮泥水匠，建立起一家小有规模的建筑队，出门进城，承揽建筑工程，那曾让我想去偷、想去抢的钱票子，就很容易地直往我的衣兜里装。然而这时，发生了两件事，让我又感到了乐贫的美好。

首先是我的母亲，在我把挣回家的钱，赶在大过年的日子,堆在老人家面前时,老人家却一点儿都不高兴,两眼惊恐地看着花花绿绿的钱票子,手抚着她的心口,给我说了这样一句话。

母亲说:“你要把妈吓死吗?”

无独有偶,对我情有独钟的女友,后来的妻子,像我母亲一样,也是个怕钱的人。当时,她虽然没有说出母亲那么惊恐不已的话,却也言三语四地表达了她的意见,不希望我往钱眼儿里钻。而最让我痛下决心,坚决离开钱场的是她说的这样一句话。

她说了:“有钱的男人,有个学好的吗?”

这句话可是太决绝了,虽然我不能完全同意她的观点,男人有了钱就不学好,但也没法驳斥她,因为我们所能看到的一个现象是,贫贱夫妻百事哀,却大多都能相扶相携过日子。而富裕的男女,钱多生邪念,很少恩恩爱爱,便是硬撑着出双入对,也不难看出伪装的痕迹来。

女儿吴辰旸就要出国留学了,是夜我们家人坐在客厅看电视,不知什么原因,我脱口向她说了这些往事。女儿默默地听着,我把自己说得都觉无味时,我便不说了,而女儿却似意犹未尽,让我继续说。但我再也提不起往下说的兴趣了,于是,我给女儿就这个话题说了最后一句话。

我说:“乐贫是有条件的,也是有资格的。”

2013 年 7 月 22 日　西安曲江

家有酒鬼

承认自己是酒鬼，是要有些胆量才行。特别是读书人，明明自己是酒鬼，却死不承认，在人问他时，他只会虚虚地一笑，言说自己只是好点儿酒。这有什么好掩饰的呢？难道是，吃(故乡人的话)酒有什么不对吗?还有，烟酒不分家。吃烟呢？像吃酒一样有什么不对吗？请大家原谅我，我不是强词夺理，也不是蛮不讲理，我在许多场合为烟酒说过话。我说了，人类的所有发明，烟和酒是伟大的。

难道不是吗？

我们人，所向往和追求的理想生活，是要有些诗意的。怎样才是诗意？怎么才能诗意？我对此没有多研究，说不出多少道理来，但我认为，自身的修养是重要的，必要的书得读，必要的事得做。除此之外，烟和酒是可以帮些忙的。譬如烟，人在苦闷时，或在思考时，点一根烟，吃一个烟雾缭绕，飘飘然腾云驾雾,岂不美哉。特别是酒,那个形似水、性如火的家伙,入口三杯,谁能不脸红耳热,诗兴大发。最著名的该是诗仙李白了,他斗酒诗百篇,佳话传千代,不仅美哉,而且妙哉。

诗意在烟雾里,诗意在酒香中。

我这么说,并不是鼓励众生,坠入烟雾中寻找诗意,沉溺在酒香中寻找诗意,去做一个烟鬼,或是一个酒鬼。那可不好,而且是很不好。我的意思是,一切都要量力而行。根据自己的身体需求,能吃一口烟,就吃它一口,能喝一口酒,就喝它一口,真的是不错呢。

把握好度,是最关键的。

我不吃烟,就把烟放在一边,留给会吃烟的人吃去。我喝酒,轻车熟路地说说喝酒的事,我不会脸红,也不怕人笑话。照家里人来说,我就是个酒鬼。因为酒鬼,所以就也闹出了一些笑话。记得最为清楚的一次,女儿吴辰旸还小,正上幼儿园,是夜我与《西安日报》的几位同事喝酒,喝得高了,被同事扶着回家,一进家门,不知何故,裤带一松,裤子掉在了脚面上。女儿把我的这一丑态记在了心里,来日清晨,送女儿到幼儿园,女儿看着入园的小朋友,都牵在父亲的手里,那样一种亲昵恩爱,就给送她的母亲抱怨了。说我爸爸，喝酒喝得裤子掉在脚面上，到早晨起来，还一身的酒气！女儿的抱怨，被左右的其他小朋友以及他们的父母听见了，侧过脸看我的女儿。女儿人小，倒不觉得什么，送她的母亲臊得恨不能脚下有条缝钻进去。

酒鬼生涯中，这次教训是深刻的。

妻子因此逼我戒酒了。我嘴里应着她，但在酒桌上，我是管不住自己的，闻着扑鼻而来的酒香，别人不劝我，我也会自觉端了酒杯，一杯一杯地喝了呢。不过，从此再也没有那般醉过。但是身上的酒气，还是引得妻子要管我了。她说得很坚决，说我如果再喝酒，就不要进家门。

这是什么话呢？我听了只当耳旁风。

过了两日，我傍晚与几位酒友相聚，喝了一些酒，回到家门口，看见家门上挂着一件棉大衣，心想恩恩爱爱的妻子，把她警告我的话还当了真。我窃笑一下，把挂在门上的棉大衣取下来，穿在身上，靠着门板蹲了下去。

我在靠门往下蹲的时候，有意把响动弄得很大，为的是让室内的妻子知道，我回家来了，就蹲在门口上。

我很有耐心地蹲着，可能因为酒精的作用吧，蹲着还真睡了过去。睡得呼呼正香时，我感到有人往外推门（现在的防盗门，都是向外开的）。推得很努力，很用劲，把我推得醒了过来,始知是导演这场家庭小戏的妻子,心里是不忍的,她要把门打开,接我回家的呢。知道了她的动机,我醒来后,死靠着门板,让妻子怎么使劲,都推不开。无奈了,妻子放弃了用劲,却也一言不发,僵持着传出一声一声低泣。这我可受不了,抬屁股起来,拉开门,自己走了进去。

今年春天的时候,湘西深山里的酒鬼酒厂,邀约了十多位作家,来为他们举办的“酒鬼酒”征文颁奖。作为嘉宾,我参加了活动。我阅读着参赛作者的作品,并聆听着他们的酒故事,一面觉得开心,一面又还觉得好笑,想着自己的一些醉酒行状,不能自禁,书写出来,以供好酒者茶余饭后乐之。

这就是“酒鬼”的好了,不掩饰,不排斥,坦坦荡荡,有君子风。我交的朋友,很多都是“酒鬼”。我们因酒而快乐,而且又还因酒而神仙。

2013 年 9 月 28 日　西安曲江

一把棕帚

“好心瞎模样”“棍棒底下出孝子”……在五大连池的宾馆里，细雨透窗，我从宿醉中被一丝凉浸浸的湿气唤醒过来，望着天已大亮的窗外，毫没来由地想起在故乡祖祖辈辈流传着的这几句话。我的父亲就是这几句话的忠实实践者，因此我的屁股和我手掌心，没少挨父亲的巴掌与烟锅头。

也许是对父亲如此教子的方式不满吧，我一改老辈人的习惯，在我孩子成长的过程中，就绝不对孩子动手动脚。过些日子，女儿辰旸就要赴美，到斯坦福大学读研。我和女儿辰旸，还有她母亲，吃罢晚饭，到小区不远处的曲江池快走锻炼。我无意挑唆她们娘儿俩的关系，只是觉得女儿即将远行，想和女儿开开玩笑，就走着给女儿说了。

我说：“你小的时候，你妈可是没少打你。”

女儿笑了笑，偏头看向她妈，也以玩笑的口气说："我妈是老虎。"

接着我又说："爸可是从没打过你，而且连你个脑崩儿都没弹过。"

女儿就也笑着偏过头来，依然玩笑地说："当然了，咱们邻家的女儿你也没打过。"

她妈闻言，乐得几乎跌倒，蹲在地上，直夸她的女儿有才！夸过了女儿，她还乐着嘲笑我。说我卖乖碰着了钉子，碰出一头疙瘩了吧。

我能说什么呢？只有埋下头走路了。不过，我一点儿都不气恼，并且还开心着女儿的机智和善辩。这让我想起女儿一次收拾我的朋友穆涛的一件事。

那一次，我和穆涛从成都去九寨沟，上初中的女儿和穆涛的女儿，适逢假期，她俩相约，从西安也到了九寨沟。游览的时候，穆涛总要偷偷摸摸地抽一根烟，而景区的警示牌，明确规定：禁止抽烟。我的女儿想要穆涛遵守景区的规定，却碍于他是叔叔的面子，不好正面说他，就拉着穆涛说，叔叔，我给你讲个故事好吗？穆涛是高兴的，就鼓励我女儿讲了。女儿就说，有个叔叔走夜，突然发现不远的地方，有一星火光，叔叔胆小，以为是什么鬼怪，弯腰捡起一个土块，朝着火光砸了去，火光闪了闪，挪了一个地方，依然明明灭灭着。叔叔就又弯腰捡起更大的一个土块，向火光砸了去。这时，火光划了一个弧，开口说话了："不就是拉个屎吗！你砸人家一个土块又一个土块……"我去捂女儿的小嘴，作为叔叔的穆涛，愣了一阵神，接着便忍俊不禁地乐起来，表扬我的女儿故事讲得好，并且在后来的几日游览中，再没犯违禁抽烟的毛病。

要知道，我的女儿吴辰旸，并不是个多言多语的人。然而，但凡她要开口说什么，一开口又常语出惊人。那样的例子，太多太多，我不好去多抄袭，留着让女儿自己哪天去整理吧。

如此让人心疼的女儿，我咋能给她脸色看呢？但我挡不住她的妈妈，气躁的时候，免不了要对女儿动手动脚。我至今所能记得的，都是女儿不好好吃饭，让她妈妈追着她的小屁股，先是利诱，告诉女儿好好吃饭，吃饱饭了妈妈带你上公园，给你买花裙子，给你买糖糕……做母亲的把她能够想到的好去处和好东西，给女儿说上一遍又一遍，说妈妈不骗你，骗你妈妈是狗熊。可是不论她怎么利诱女儿，女儿就是不买她的账，闭着嘴不吃饭就是不吃饭，这让妈妈把女儿爱得一点儿办法都没有。于是好言变成了恶声，用威胁的方法来强迫女儿吃饭了。而女儿软的不从,硬的不惧,她妈妈就真的动起手脚来了,咬牙切齿的样子。我不在家的时候,不知怎么结果,如我在家,就偷躲开来,任她们娘儿俩较量了。

女儿上到二年级了,我出差了一段日子。回到家里,妻子有点儿神神秘秘,还有点儿不好意思地拿给我一把棕笤帚。我不知其故,以为妻子是要我扫去身上出门在外的途尘,接过来就往单元门外走。妻子叫住我,让我看棕笤帚的木把儿。这有什么好看的呢?小小的一把棕笤帚,买回家里来好些年了,扫床除尘,已经很旧了。妻子让我看,我就瞥了一眼,只是这一眼,我即看见笤帚的木把儿上,有女儿写的一行字。

这行字是:不能用它打我!

女儿是用硬笔写上去的,她写得非常用力,一笔一画,就像是刀刻上去似的。我手拿棕笤帚,冲到妻子跟前,用笤帚的木把儿,在妻子的身上抡了一下。

我不知道,妻子可是感到棕笤帚把儿抡在身上的疼痛,总之,她从此再没对女儿动过手脚。锻炼回到家里,我把还在家里使用着的棕笤帚找出来,装进一个保鲜袋里,作为一件珍贵的藏品,保存了起来。我要寻找一个合适的机会,把这把棕管帚,作为一件家传的礼物,转送给我的女儿。

这个机会是女儿出国深造的那一天吗?我还确定不下来。

2013 年 7 月 16 日　黑龙江五大连池

兔斯基

是种手机软件呢，女儿吴辰旸称其为，什么兔斯基。这个简笔卡通的兔斯基很好玩，很有趣。昨天夜里，都十二点了，女儿从她深造的美国斯坦福大学，给她妈用微信发来了一个。这个什么兔得意扬扬的，简单的几根线条，勾画出的模样，又是扭腰，又是摆臂，欢天喜地，不亦乐乎。她妈捏着手机的一个机关，给女儿回了一句语音微信，告诉她得意是可以的，但一定不能忘形。女儿随即又发来一只什么兔，眼泪加鬼脸，完全一副呼天抢地、委屈难耐的模样。很自然的，她妈又捏着手机的那个机关，回了女儿一句语音……这是她们母女间的游戏了，几乎每天晚上都要玩儿一阵，而我往往就在母女的游戏里，幸福地睡过去。

可是今夜，我睡不过去，这是因为母女俩的游戏，一会儿变成了一场讨论。她们讨论起中学语文教材里，删除了一些鲁迅的文章,不知好还是不好。对此,我无意参加讨论,因为在没有鲁迅和他的作品之前,中国的语文教材也许有些不尽人意的地方,但整体也是不错的。我之所以不能立即入眠,是我忽然想起,女儿在她早年中考过后,我和她妈建议她,把给她做过辅导的老师们请在一起,吃一顿饭,喝两杯酒,对辅导老师表达一下我们的谢意。然而,我们的建议,被女儿一口否决了。

不满十五岁的女儿,很漠然地说了这样一句话:“有什么感谢的呢?他们辅导我学习,一分一秒,咱都是花了钱的,咱没有白学习,他们也没有白教咱。”

这是个什么道理呢?我有点儿不服气,但又反驳不了女儿,策划中的“谢师宴”就只有背着女儿,偷偷地搞了两场。

隔着千里万里之遥的太平洋,女儿吴辰旸和她妈关于鲁迅在教科书上的讨论,没有进行多长时间,就又转到女儿在斯坦福的学习上了。我侧卧在床的一边,虽然没有参加她们母女的微信交流,但我听得明白,女儿对她在斯坦福的学习还是很自豪的。她妈妈就女儿的这一感觉,给女儿出着主意,让女儿把从家里带到斯坦福去的一些物品,挑好的,给她的老师送点儿,这对老师是一种感谢,同时又是一种很好的沟通。

对于妻子给她女儿的建议,我是大以为然的。可是传来了女儿的语音微信,说我们是瞎操心,并说她是在美国的斯坦福读书,不是在中国,在美国用不上咱们国内的那一套。我申请在斯坦福深造,斯坦福接受了我的申请,我给斯坦福交了学费,我不能再额外酬谢人家。他们认为,这么做既是对他们的不尊重,也是对咱们自己的不尊重。

国情不同啊！我和妻子就只能这么喟叹了。

在我们这里,不得不做的人情。不做就啥事都做不了的事情,在人家那里,端的是另一种样子。是人家不尊重人情吗?我没在人家那里生活过,我不知道,倒是我的女儿接下来传给我妻子的信息,让人深刻地感觉得到,人家也是讲人情的。为女儿吴辰旸做导师的两位教授,因为辰旸的学业突出,便以他们教授的名义,来为女儿辰旸申请奖学金了。

兔斯基快速地跨越太平洋,往妻子的手机里窜,妻子是看见了的,但她却很无语,任由女儿微信发给她的兔斯基在亮晶晶的手机屏上,百般作态,传达情感。

我是困了,翻了个身睡了过去。清早起来,翻看着当日的报纸,发现黑体标题刊载的是一条关于教师节的新闻,与这条新闻成组的,是一组链接的短文,一哇声的提议,把我国的教师节,从9月10日改为9月28日。

这一日是至圣先师孔丘老爷子的诞生日。改到这一日,应该说是意味深长的。首要的是,我们今日的时风,大体以是否富有为衡量生活的质量和标准,这对人心的伤害是巨大的。教师在这样的时风中,不可避免地也会受到影响,为了使自己获得尊重,把手中的教材变成了牟利的工具。教师的形象,因此跌落千丈,被社会舆论称为让人不齿的"眼镜蛇"。提议把教师节改为孔子的诞生日,是否有重新树立教师为人师表的尊严的目的?我不知道,但我相信为人师表的尊严能否树立是无法保证的,别说改一改教师节的日期,再做一些别的事情也保证不了。

可是孔子那幅标准像,清晰地印记在我的脑海里。我对他老人家景仰时,女儿吴辰旸从美国斯坦福大学发给她母亲手机微信里的兔斯基形象,也顽皮不恭地在我的意识里占据了不少空间。

2013年10月11日 西安曲江

知道（代跋）

早知三天事，富贵一千年。

起小灌进我耳朵里的这句乡谚，时不时会像一记重锤砸在铜钟上，嗡的一声响在我的耳边。我思考这句乡谚，也揣摩这句乡谚，并把这句乡谚与我的生活经历相对照，使我不禁愧悔而懊恼。我愧悔我的幼稚，更懊恼我的浅薄，没能很好地认识这句乡谚的深意，而只是把它看作一句普通的俗言俚语。

我检讨我的幼稚和浅薄，那是因为我太容易轻信了。看到别人说是真理的东西，我即盲目地以为那就是真理；看到别人说天道地，我即以为那就是天就是地……跟风扬碌碡，结果受骗的是自己，受伤的也是自己。幸好有我起小听说的这句乡谚，提醒着我，使我从盲目的伤害中，有个转身的机会，可以冷静下来，对他人所谓的真理，以及无边无沿的天地,有点儿自己的分辨和认识。

我们谁都不能早知三天事,我们甚至谁都不能早知一分一秒的事。

观看世界杯足球赛,一场零比零的平局在巴西队或者法国队、德国队、意大利队之间进行着。打满了上半时四十五分钟,又打满了下半时四十五分钟,进入最后一分钟的补时阶段,无论巴西队、法国队、德国队、意大利队的哪位球员,轻轻的头顶,或是不经意的一脚,球进了球门,进球的球队赢取了比赛,赢取了荣誉。而未能进球的球队输了,输得让人垂头丧气,让人唏嘘不已,但却也一点儿办法都没有,而且还不能说输球的一方踢得就不好。可能他们整场比赛,打得很勇敢,很有章法,完全能够进入加时赛,进入点球决战,然而一切可能都在补时的一分钟里,那一粒进球决定了胜负。

这所有的结果,一分钟前,谁又能知道呢?

没有谁能知道。而且还别说一分钟,长长的六十秒时间,我们无法知道结果。便是短短的一秒钟时间,我们也是无法知道结果的。

譬如美国的NBA篮球赛,到了最后那一秒时间,甚至不足一秒的时间,比赛的一方比另一方手握一分两分的优势,可以说他们是胜券在握。可是对方还有一次出手的机会,这个机会容不得他们有半点儿的迟疑。边界发球的球员,把球发给进攻的球员,进攻的球员把球就得往篮筐里扔,扔得不准就是输,扔准了就是胜利,非常刺激,非常吸引人的眼球。激情勃发的现场解说员,会为当时的结果狂呼不已,大声地呼号,称其为“绝杀”!著名的篮球运动员乔丹、麦克格雷迪、科比等,都干过“绝杀”的活儿,所以他们被热爱他们的球迷追捧,念念不忘。

如此,却也证明了人的有限。我们是连一秒钟的事都无法提前知道呢。

我就见识过一件事,很是蹊跷,很是无奈,甚至可说莫名其妙,我远房的一个叔叔,在他壮得如牛的时候,因为吞食一口干炒面,被炒面呛住了,仅仅是瞬间的一呛,意外地把人呛得咽了气。

类似的、相同的悲惨事情,还经常地上演着。好好的一个人,在大街上走着看风景,他看得可是开心哩!突然地被一辆飞驰而来的汽车撞倒在血泊里,连一声痛苦的呻吟都没有,就一命呜呼!

这样的事情,都发生在瞬间的那一秒钟里,我们谁又知道呢?知道了,我们就不会去吃那一口炒面,就不会那时候走在大街上看风景。

为此我要说了:“得到容易知道难!”

我们活着的人,最是念念不忘,最是纠缠不清的,往往是“得到”两个字。如果我们的欲望不是太难满足,如果我们的欲望不是太难填充,我们想要得到的东西,还是比较容易得到的。譬如我们想要得到一个心爱的女人,或者是想要嫁给一个心仪的男子,我们只要有心,差不多都能很好地实现。再譬如我们想要得到一个很好的职业,我们只要用心,差不多都能最终获得……可是我们想要知道什么,特别是想要提前知道,却往往不能够。

这教人非常气短。

便是我们尊奉的圣哲老子,好像也不能知道一分钟一秒钟以后的事情。所以他在总结自己认识的时候,只能是一部五千言的《道德经》。是的,我们如今印行的《道德经》,有可能是后人的篡改。湖南长沙马王堆汉墓出土的竹简,该是一个有力的证明,其中就很明白地写着,并非《道德经》而是《得到经》。我的书柜里,就有台湾、香港出版的《得到经》各一册。这不奇怪,老子李聃生活的那个时代,不像物质极大丰富的今天。今天的人们,日思夜想的都是得到,得到了再得到。那个时候,物质是贫乏的,人们日思夜想,不会超越今人。他们所思所想,应该还是得到,得到吃,得到穿,得到他们想要得到、能够得到的东西。老子总结自己,也总结那时的生活,他写出"得到"来,会更切合实际,因此也会更被人们所接受。"道可道,非常道,名可名,非常名……"哪里有我们为"道德"定义的东西呢?我承认我的学识浅陋,读老子读得不通不透,所说亦非正宗,更非真理,但我希望我说的还有一点儿道理,甚或一点儿歪理。

我胆子小,怕的东西很多,但只要讲理,正理歪理,互相挑明了,说一说不会死人。所以我这么说了,到最后,还是想说"知道"的。

我们不能早知三天事,不能早知一分一秒的事,但我们对于经历过的事,还能说自己不知道吗?糊涂的我,正像我所问的那样,对我们经历过的事,还不能,或者是还不敢说我就知道,我就只有持续地糊涂着,甚至是明白装着糊涂的糊涂着。糊涂是福,扬州八怪的郑板桥是这么说的。他说得好,说得对,我们糊糊涂涂地幸福,糊糊涂涂地快乐。但有一些东西,却怎么都不会糊涂,那就是我们的生活,还有时间和心跳。我们的生活不会糊涂,我们的生活知道;我们的时间不会糊涂,我们的时间知道;我们的心跳不会糊涂,我们的心跳知道。

近些年，我半路出家，从新闻媒体那热闹纷繁的大山里走出来，走上人称独木桥的文学写作之路。一路走来，把精力几乎都倾注给了小说创作，但我没有忘却散文随笔的记述。有一点儿体会，就见缝插针地挤一点儿时间，写了几十篇的小文章，编辑出来，起了一个《知道》的名字，想要与我的读者，分享知道的困难，和知道后的愉快。

2014年元月4日　海南省三亚市天涯镇